목경희·목경화

# 그리움의 빗장을 열고

초판1쇄 발행 | 2020년 10월 20일

저  자 | 목경희·목경화
펴낸이 | 이종덕
펴낸곳 | 비전북하우스

기  획 | 이현수
교  정 | 이현아        디자인 | 이상윤
표  지 | 이상윤        공급처 | 도서출판 소망사
                      전  화 | 031-976-8970
                      팩  스 | 031-976-8971

등  록 | 제2009-8호(2009.05.06)
주  소 | 01433 서울시 도봉구 해등로25길 41
전  화 | 010-8777-6080
메  일 | ljd630@hanmail.net

정 가 | 12,000원
ISBN | 979-11-85567-28-0    03810

_____ 님께


사랑하는 당신에게

　　그리움의 빗장을 열어드립니다.


_____ 드림

# 목차
## Contents

## 목경희 시인 편

# 목차
Contents

## 목경화 시인 편

그리움의 빗장을 열고

# 목경희 시인 편

### (필명 윤슬경희)

1980년에 도미하여 현재 시카고에 거주하고 있으며, 〈해외문학〉시 부문에서 신인상을 수상하였고, 제1회 시카고 한인여성회 편지쓰기 공모전에 입상하였다. 〈한양문학〉시 부문 최우수상(2020), 〈문예마을〉 수필 부문 신인문학상(2020) 그리고 〈대한시문학〉시인 마을 시 부문 신인상(2020)을 수상하였다. 현재 〈해외문학〉과 〈예지문학〉, 〈시야시야 문학시선〉의 회원으로, 〈한양문학〉과 〈문예마을〉 정회원으로 활동 중이다. 저서로는 「여백. 01」(동인지)이 있다.

* Email주소: mokkyunghee@naver.com

나에겐 치유할 수 없는
불치병이 있다.

길을 걷다가도 밥을 먹다가도
불쑥 치밀고 올라오는 불치병, '그리움'

멀리 가족과 떨어져 살아야 하는 나에겐
숙명처럼 죽을 때까지 따라다닐 병이다.

세월 가도 변치 그리움도 저려
배운 긴 머리 사르듯 잘라내고 싶다
설레던 첫사랑 지면 눈을 감아도 파라다니고
언제나 가슴 한 모퉁이 숨어있다가
불쑥 뛰어나오는 그리움
살라낼 수도, 고칠 수도 없는
죽을 때까지 같이 가야 하는
불치병이다

젊은 나이에 아버지를 보내시고 혼자되신
어머니의 생애를 돌아보며
이 책을 어머니께 바칩니다.


큰딸 경희 올림

달빛 푸른 강가에서
밤하늘을 올려다봅니다

모진 세월 이고
먼 길을 걸어오신 당신

등에 업힌 사 남매
무겁다고 아니하시고
그 길을 걸어오셨습니다

내리사랑은 있어도
치사랑은 없다는 말이
예전엔
무슨 말인지 몰랐습니다

여식의 전화는
눈이 빠지게 기다리면서
홀로 계신 당신께는
바쁘다는 핑계로
전화도 자주 못 드렸습니다

살아온 생의 아픈 기억
기워주시며 등 두드려주신
당신

귀밑머리 희끗희끗해지며
당신 나이를 따라가는
저의 발걸음에 조바심이 납니다

이 밤,
부드러운 달빛처럼
포근히 안아주시던
당신이 그립습니다

어머니,
강바람은 아직도 차갑습니다

따스한 봄날
한 소쿠리 가득한 봄

어릴 적
코피가 자주 나시던 아버지
빨간 피 아깝게
뚝뚝 떨어진다며
엄마가 건네주던
쑥 한 움큼으로 코를 막으셨다

금세 코피는 멎고
아버지는 머리에
포마드 바르고 나가시고

나가시는 아버지 바라보며
엄마는 부엌으로 들어가
쑥버무리를 만드셨지

포슬포슬한 쌀가루
하얀 눈 속에 핀 쑥꽃
털털 털어먹으면
입안에 퍼지던 봄

쑥은
봄빛 그리움으로 피어나
아버지를 만나게 한다

시도 때도 없이 울컥
그리움이 목구멍까지 차오르면

양은 냄비에
밥을 쏟아부어
비빔밥을 만든다

쓰린 눈물 한 방울 뚝
흘려보낸 세월 한 주먹
행복했던 청춘의
고소한 웃음소리까지

그래도 아쉬우면
이팝꽃 후드득 훑어 넣고
가는 봄 아쉬운 진달래 꽃잎
넣어서 쓱쓱 비벼준다

때마침 걸려온 엄마의 전화
"밥은 묵었나"
그 목소리까지 넣어 비벼주면…

오늘
그리움은 참 맛있었다

올망졸망 식구들
표정 없는 얼굴로
앞만 바라보는 가족사진

그때는 계셨던 아버지
지금은 안 계시고
그리움이 대신 앉아 있다

옥수수 이빨 빠진 빈자리
새로운 인연들이 채우고
새 생명의 웃음소리 가득하네

등 굽은 아버지 모습
불러주시던 음성 대신
빈 바람 소리만 들린다

잡을 수 없는 시간은 날아가고
어느덧 내 나이
아버지를 훌쩍 넘어 버렸네

오랜 추억들이 흑백 영화
필름처럼 차르르 돌아갑니다

하얀 양산 받쳐 든 엄마를
따라나섰던 초여름 날

한복을 곱게 입은 여인의 모습
입가에 번지던 미소
그날, 엄마는 행복해 보였습니다

짤막하게 툭툭 끊어지는 화면
찌지직 긁히는 소리

선명하진 않아도
살아 숨 쉬는 기억의 편린들

수조 속의 생선처럼
파닥거리며 살아납니다

이제 엄마의 나이가 되어보니
고단한 세월의 무게를 느낍니다

오래된 대추처럼
쪼그라진 엄마의 인생

엄마는 그래도
괜찮다 하십니다

끝나지 않은 엄마의 영화
엔딩 자막은 아직
올라가지 않았습니다

이제,
가을 햇살에 곡식이 여물듯
네 안의 우주도 곧 풍성해지리라

어느 날엔
하늘을 올려다보며 감사하게 되고
스쳐 가는 바람에도 미소 지으며
밤하늘의 별과도 속삭이게 되리라

떠나간 자는
빈 가슴 밝혀 줄 등불이 되어
허전함을 채워줄 테고
이 세상을 살아내야 하는
너는 이 세상 우주의 중심이다

그립다 한들 돌아오지 않을 사랑은
가슴에 묻어두고
외롭다 말고 사랑했던 그 날들을 기억하며
추억의 노래를 부르며 살기를

서로 사랑했으므로 행복했고
추억이 있음에 견딜 수 있음을 감사하자

가을은 깊어가고 풀벌레 소리에
고개 들어 먼 하늘을 돌아다보면
또다시 들려오는 그리운 목소리에
이젠 눈물짓지 말고 반가움으로 미소 짓기를

네가 세상의 중심이고
오늘 살아있음이 축복이고
기적임을 감사하자

(제1회 시카고 한인여성회 편지쓰기 공모전 입상작 : 목경화에게 보내는 편지)

# 가로등 불빛 아래

깊은 밤
물안개처럼 퍼지는
가로등 불빛 아래

인적마저 끊긴 밤거리
안부를 전하듯
봄바람이 지나간다

말씀이 없으시던
아버지가 지켜보고
계신듯한 착각에
뒤를 돌아본다

마른 몸매에
가로등처럼
키가 크셨던 아버지

지금도 무심하게 흘러가는
세월 등 뒤에서
가로등처럼 어둠을
밝혀주시는 아버지

고향 지킴이 나무 한 그루
세월을 막고 서서
말라 쪼그라진 대추 같은
노모를 지키고 서 있다

바람도 막고
눈물도 막고
설움도 막아주는

남편을 꼭 빼닮아
신앙이 된 큰아들
어머니 지킴이로 서 있다

병약하신 아버지가 돌아가신 뒤 1년 후
나는 유학 가는 남편을 따라 미국으로 날아갔다
엄마는 마음 의지할 곳 없을 때 큰딸마저
사라지니 얼마나
큰 배신감을 느끼셨을까!
그래도 엄마는 자신만 바라보고 있는
3남매를 건사해야 했기에
죽기, 살기로 버티셨다 한다

그때 미국은 달나라, 별나라만큼이나 멀었다
국제전화는 너무 비싸서 요즘처럼 쉽게
전화도 할 수 없던 어려운 시절,
태평양을 건너간 큰딸은 한국에 두고 온
어린 동생들 생각에,
혼자되신 엄마 생각에,
매일 밤 울기를 밥 먹듯 했다

아버지 돌아가실 때 초등학교 5학년이던
막내 남동생은
죽음이 무얼 의미하는지 아는지 모르는지
아버지의 관을 붙잡고 대성통곡을 해서
모든 사람의 마음을 얼마나 아프게 했던지…

어느 날 향수병에 걸려 우울하던 나에게
국제 우표 소인이 찍힌
'목호진' 이름으로 된 편지가 날아왔다
그 봉투를 뜯는 내 손은 바들바들 떨려서
바람이 일었다

"큰누나, 미국에서 잘 지내고 있어?
근데 너무너무 보고 싶다"라며
친정 식구들의 근황을 전해주는데 눌러 두었던
눈물샘이 터져버려
앉은자리에서 엉엉 소리 내어 울어버렸다
그때 바라본 창밖의 하늘엔 호진이가
슬픈 듯이 웃고 있었다

## 엄마의 달력

고향 떠나온 지 수십 년
곰삭은 그리움
하늘에 피어난다

엄마 눈썹 닮은
하늘의 초승달
눈물 흘리니

강가의 청개구리
목놓아 울음 운다

사는 것에 허덕이다
몇 년 만에 간 친정집

엄마의 달력속에
삐뚤빼뚤 앉아있는 나

빨갛게 친 동그라미 속
'갱희 온다'는
엄마의 기다림

버석버석 말라 물도 없는
척박한 땅에 뿌려진 꽃씨들

땡볕 아래 땀 흘리며
비바람에 흔들리며
눈보라 맞으며
세월을 견뎌내며

꽃을 피워낸다

꽃은
각자의 모습으로
다 다른 향기로
때론 이른 초봄
때론 눈 내리는 날
피어나기도 한다

꽃은 싸우지 않는다

서로 이쁘다고 질투하지 않는다
각자 잘났다고 자랑하지도 않는다

달 뜨고 별 뜨는 밤하늘 지나
아침에 살며시 눈을 뜨면

우리 모두가
꽃으로 피어난다

추억이 등나무 꽃잎처럼
한 잎 한 잎 너울지는
학교 교정

단발머리 여고생이
돌계단에 앉아
책을 읽는다

봄바람에 놀란
보랏빛 꽃잎들이
책장 위로 후드득 떨어져

놀라서 고개 들어보니
안경 낀 얼굴로
씩 웃고 서 있던 너

그날
너의 등 뒤에서
빛나던 저녁 햇살은
봄을 노래하고 있었어

아침에 눈을 뜨는 순간
창문 틈으로 들어온
햇살 한 줌

목단꽃 한 송이
오므린 입 벌리듯
하루가 피어난다

붉고 커다란 목단꽃 자수
어무이 치마저고리 생각이 난다

꽃 중의 꽃
목단꽃을 보니

아침부터 괜히
어무이가 보고 싶다

어둠이 내려앉는 숲길에 들어서면
멘델스존의 바이올린 협주곡이
바람을 타고 들려오는 듯하다

삐죽삐죽 까치 머리카락처럼
삐져나온 나뭇가지들이
춤을 추며 어둠을 즐긴다

왜 저녁과 밤이 교차하는 이 시간이 되면
알 수 없는 슬픔이 차올라
애꿎은 헛기침만 하게 되는지 모르겠다

아직도 제대로 성장하지 못한
어린아이가 웅크리고 앉았다 일어났다 서성이며
엄마 찾는 보랏빛 병풀꽃처럼
그렇게 울고 싶은 건지 알 수가 없다

아무도 없는 숲길에 서서
나 혼자 이리저리 둘러보면
불어오는 바람결에 묻혀오는
바이올린 흐느낌이 가슴에 생채기 내며
나의 이름을 불러주는 그리움이 있다

하늘하늘 연분홍 꽃잎
설렘으로 날아들고

그리움 꽃잎 되어
내 마음 간지럽힐 때

우리 서로 마주 보며
봄을 안고 웃었지

세월 흘러
또다시
돌아온 봄

꽃잎은 속절없이 떨어지는데
신기루 같은 너는 어디에

이 봄 떠나기 전
너를 만날 수 있을까

그리움 꽃잎 떨어지니
꽃보다
네가 더 그립다

파란 하늘 그리움 안고
모가지를 길게 빼고
기다려도 외면하는 너

넌 아무렇지도 않은데
나 혼자만 애절해
혼자만 하는 사랑은 쓰다

대답 없는 너의 사랑
웃음도, 그리움도
쌍방통행이어야 하거늘

어차피 혼자 가는 인생길이지만
혼자 하는 사랑
다 부질없고 허무하다

사랑해
너를 사랑해
너만을 사랑해

그래도 또 보고파서
나도 모르게 고개 들어
너의 눈길 기다리는
서글픈 사랑이여

# 능소화 등불

진회색 마음 밭에

구름이 자욱한 날

물안개 눈을 가려

눈물이 주룩주룩

처량한 발길 따라

능소화 꽃 등불이

불 밝혀 위로하네

기다림 안고, 그리움 품은
한 떨기 들꽃 같은 내 사랑

찾아와 어루만져
주지 않아도 기다리고

그리움에 두 눈이
짓물려도 참아내고

푸른 벨벳 펼쳐진 밤하늘
하얀 초승달 타고
별 무리 안고 날아갑니다

내 사랑 아시는 당신
고운 바람으로 오소서

어느 날 꽃이 되어
바람이 되어
우리 다시 만나리

## 꽃의 시간

어저께 보지 못한 꽃들이 피어 있었다
잔디인 줄 알았는데 거기에서
하얀 꽃잎이 청아한 노래 부르는 어린 소녀처럼 피어났다

하늘의 해 시계는 차츰 서쪽으로 기울고
바람도 살짝 성질을 부리는 해거름 시간에
집으로 향하는 발걸음이 빨라질 무렵
누군가불러 돌아보았다

하늘 향해 활짝 피었던 꽃잎들이 아기 손가락처럼
오그라들어 있었다
달맞이꽃은 들어보았는데 이 꽃들은
어둠이 오는 저녁이면
집으로 가는 해맞이꽃 여학생처럼
흰꽃나도사프란의 시간은 정확했다

손 닿는 그곳에
눈길 가는 곳마다
마음이 따라가네

구부러짐 없이
오로지 나 하나만 보고
붉게 피어오르더니

해맑던 너의 웃음소리
진하게 물들고
너를 향한 내 마음
눈물로 피는구나

달빛 고운 날에도
서글피 울고 싶은 날에도
피어나는 그리움

하나뿐인
접시꽃 내 사랑

# 가포 바닷가

기억 속에 살아있는 고향 바다
언제나 엄마의 젖 내음처럼
달보드레하면서 비릿했다

어린 시절, 소풍 간 가포 바닷가
아버지와 나란히 앉아 먹던 김밥에
묻어 있던 하얀 웃음소리 들리고

비 오는 까만 바닷가엔
추억이 넘실대고
갈매기는 끼룩끼룩
파도를 타고 놀았다

수많은 꿈과 밀어가 매일 밀려가도
사랑과 희망이 또다시 밀려오던
고향 바다, 가포여

긴 세월 돌고 돌아
그리움 찾아 돌아오는 연어가 되어
모태 고향으로 돌아온다

장독대에
떨어지는 봄비
봄이 깊어가는 소리

빗방울에
봄 꽃잎 후드득 떨어지며
이별을 준비하는 소리

여울져 번지는 빗방울
목마른 청춘의 갈증
해갈하는 소리

늙으신 노모
효자손으로 마른 등 긁는
서걱대는 소리

깊이를 알 수 없는
사유의 강
끙끙 앓는 소리에
무너져 내리는 가슴

그중에
내 마음을 흔드는 소리
당신의 눈빛이더라

푸른 청노루귀 피어나듯
새벽안개 깨어나고
밤새워 뒤척인 몽상
이슬 되어 흩어진다

어지러운 불면의 흔적
켜져 있는 등불을
이제는 꺼야 할 때

달빛 고이 잠든 강물
말갛게 얼굴 씻고
일어나는 여명의 숨소리

매일매일 살아있음을
확인하게 하는
환희의 찬란한 빛

희망으로 와서
기적으로 피어나는
꽃 같은 하루가 시작한다

시인의 가슴엔
그리움이
강이 되어 흐른다

언제나 한 곳
그곳으로만
피어나는 물안개

그리움은 기다림을 키우고
기다림은 설렘으로 잠들고
내일을 향한 기도를 띄운다

하고 싶은 말
종이배에 실어
보고 싶은 그대에게

듣고 싶은 말
기다리며 흘리는 눈물
가슴에 비가 되어 내린다

시인의 가슴은
그리움의 강이다

살아감이 버거워
모든 것을 놓아버리고
싶을 때

바짝 마른 낙엽처럼
말라 바스러지는
영혼의 울음소리 들릴 땐

추운 날씨에 옷을 벗어
맨살 하얗게 드러내는
자작나무 숲으로 가자

빈 몸뚱어리 드러내어
세상 앞에 서 있는
너를 보러 가리라

그리움의 빗장을 열고

새 생명 숨어 앉아
숨 쉬는 대지 위로
청량한 바람이 지나가고

희망 하나 품어 안고
외로움, 그리움
하늘로 닿아 오르는

너에게서 위로받고
비로소 긴 숨
내쉴 수 있는
자작나무 숲으로 가자

비가 내린다
내리는 비에 젖을세라
우산을 쓴다

떨어지는 빗방울 소리
오랜만에 들으니
다시 청춘이다

추억은 음악이 되고
눈물은 비가 되어
묻어둔 이름 하나
가만히 불러본다

그리움이 비를 타고 흐른다
우산을 썼는데도
내 마음 전부 젖어버렸다

뒤돌아보지 않고 열심히 달려오다 보니
몸에서 삐거덕 소리가 나기 시작하고
주저앉아 사방을 둘러보니 어느새 황혼이 깃든
저녁노을이다.

아무도 없는 거실 공간에 적막이 내려오면
심란한 마음을 허무가 속삭이며
무엇 때문에, 무엇을 위해 그렇게 질주했냐고 물어온다.

멍하니 앉아 창밖을 보니 벌써 어둠은 낮게 깔려
끙끙 앓는 소리를 내고
어릴 적 치열하게 앓았던 존재의 이유 병이 다시
재발하려 한다.

빈 둥지 증후군에 울고 육신의 노쇠함에 좌절을
느끼며 고독이 이불처럼 몸을 감싼다.
하얀 머리띠를 두른 흰 머리카락이 세월을 말해주고
마디마디 쑤시는 관절이 적당히 하라고 타이르는 듯하다.

이제는 존재의 이유를 잃었던 나 자신을 찾아가며
살아가야 할 때이다.
내가 행복해야 다른 사람들도 더불어 행복해지니까.

꽃이 진 자리 열매가 맺듯이 세월을 받아들여 하이힐을
벗고 편안한 운동화로 갈아 신고 다시 시작하는 갱년기가
청춘이다.

어둠이 졸린 듯 숲길에 내려앉으니 보랏빛 병풀꽃
향기가 더 짙어진다.
쌉쌀한 약 냄새 같은, 달지 않은 향기가 바람에 묻어온다.
갑자기 나타난 회색빛 토끼
한 마리 입을 오물거리며 앉아서 뭔가를 먹고 있다.
새끼 토끼라 그런지 쫑긋한 두 귀는
생각보다 길지 않은데
아마도 병풀꽃을 먹고 있는듯하다.
인기척에 놀라 두 귀를 쫑긋 세우고 나를 쳐다보는
눈빛은 영락없는 아기 모습이다.
망설임 없이 깡충깡충 뛰어간 곳을 바라보니
어미 토끼가 그곳에 앉아 우리를 지켜보고 있었다.
토끼도 가족이 있었구나.
왜 그 생각을 못 했을까…
나도 더 어두워지기 전에 어무이가 계신 집으로
돌아가야겠다.

그리움의 빗장을 열고

불 꺼진 너의 창문 앞을 서성인다

집에 없는 걸까

잠이 든 걸까

가로등 불은 너의 방을 비추고

만데빌라꽃은 너를 향해

빨간 벽을 타고 올라가는데

나는 두 눈 끔벅이며

긴 그림자만 보고 서 있네

# 폭우 (暴雨)

빗방울이 무섭게 쏟아진다

가랑비처럼 슬금슬금 내리는 게 아니라 장대비로

퍼붓는다

무방비 상태로 오는 비에 온몸과 마음이 다 젖었다

너의 사랑도 그렇게 왔다

그리움의 빗장을 열고

어느 날 여고 시절
화실에서 시간 가는 줄 모르고
그림 그리다
집에 가는 밤 버스를 놓쳤다

술 취해 비틀거리며
바람 빠진 풍선처럼 허물 거리며
날 불러대던 아저씨
무서워 울면서
집으로 간 적이 있다

나이 육십 줄에 들어
날 울게 하고
날 웃게 한
마음들을 써 내려가기 시작한
시에 미쳐
사흘 밤낮을 헤매고 다닌다

때론 어딘가에
꽂히면 무섭게
빠져드는 나
중독이란 얼마나
화려하고 치명적인 열병이던가

시가 봄날 꽃 피어나듯
피어난다

육십 줄에 들어선
내가 새로운 사랑에 빠졌다
밤, 낮 가리지 않고
사랑에 탐닉해
넋이 나갔다

엄마에게
"요즘, 내가 미친 듯 글을 써요" 하니
엄마 말씀
"세상일이란 게 미치지 않고
얻을 수 있는 게 없더라.
지 좋아하는 일에 미칠 수
있으면 그게 행복이지"

오늘도 밤을 새워
꽃 한 송이 피워낸다

망망한 바다 한가운데
조그만 섬에
나 혼자 갇혀 있다

끼룩끼룩 갈매기는 세상 밖으로
자유롭게 오고 가는데

한 발자국만 나가면
떠내려갈 것 같은
시퍼런 바닷물이 무서워

소금기 가득한 머릿결 긁적이며
혼자 중얼중얼하다
울기를 반복한다

아무도 찾지 않는 심장엔
고독한 바람만 지나가고

사람이 그리운 가슴엔
잡초 같은 시(詩)만
무성히 자라고 있다

발칙한 봄이
내뱉는 소리에
애간장이 녹아난다

어수선한 시절
부채질하는
저 환장할 색

양귀비 열두 폭 치마에
감싸인 꽃향기
미친 바람으로
세상을 휘두르네

잔인한 봄
아직 끝나지 않은
이 광풍의 몰락이
보고 싶다

## 노을은 오미자 맛이다

인생길 열심히 간다고 아무것도 모르면서 무조건 달렸다.

누가 잡으러 오는 것처럼, 내 그림자에 놀라서 또 달렸다.

죽기 살기로 뛰다가 돌아보니 뒤에 아무것도 없었다.

밀려오는 허무에 다리가 풀려 주저앉아 버렸다.

달콤한 바람이 앉은 김에 쉬었다 가라 한다.

둘러보니 이름 모르는 들꽃들이 피어있고,

길가의 돌멩이들도 이뻤다.

눈을 들어 바라본 하늘, 하루를 다독거리는

노을빛 하늘이 파노라마처럼 펼쳐진다.

노을이 맵고 달고 시고 떫고 짠맛의 오미자 맛처럼

그렇게 펼쳐져 있다.

온전히
위로받지 못한
슬픈 영혼이 춤을 춘다

서러움 하늘에 닿아
바람같이 흩어져도

너의 눈물 강을 건너
너의 미소 하늘을 날아

휘이 휘이 가거라
훌훌 털고 가거라

잊고자 하는 살아있는 사람들과
잊지 않기를 바라는 너의 염원

아직도 소용돌이 속에 갇혀 있지만
너를 기억하며
진혼곡의 기도를 바친다

심술 맞은 노파의 눈 흘김처럼
앙칼진 고양이의 울음처럼
기분 나쁜 오후 세 시

비가 올 듯 말 듯
꾸물거리는 흐린 날씨
드라이브 길을 나섰다

사람들은 박제된 인형처럼
마스크를 낀 채 걷고 있고
꿉꿉한 바람에 풀잎들도 누워있다

순백의 아기 꽃사과나무에서
하강하는 하얀 꽃잎의 춤사위 유혹에
숨이 딱 멎는다

기적처럼 다가와
기도가 되고 찬송이 되는
흐린 날의 시(詩) 한 편

불 꺼진 방에 스위치를 올리면 숨어있던 외로움이

우르르 튀어나온다.

한 번 쓱 둘러보아도 어디 하나 말 건네주는

사람이 없어 티브이를 틀어 놓는다.

멀뚱멀뚱 보다가 어느 순간 우스운 장면에 으하하 웃다가

갑자기 코끝이 찡해지는 고독을 만나 눈물 한 방울

나눴다.

## 레테의 강

여러 해 무심히
꽃이 피었다 진 자리
눈물꽃이 피어있다

서편에 노을 지면
그리움의 강 건너
저 멀리 떠오르는 얼굴 하나

별이 뜨고 진 자리
진혼곡 흐느낌 맴을 돌고

잊고자 노력하면
더 선명하게 떠오르는
어린 내 새끼 얼굴

통곡이 흐르는 망각의 강
세월만 무심히 흘러가는데

부끄러워 건너가
만날 수도 없는
이생(生)의 다리

언 땅을 살살 깨워
꽃씨를 심어요

아직은 춥다고 하나
봄은 봄인걸요

오늘 코로나 바람
심술 맞게 굴어도
기다려 줄게요

어느 날
잠에서 깨어나듯
마법이 풀리는 날

우리 손 다시 잡고
봄소풍 가기로 해요

그리움의 빗장을 열고

미나야
결혼이란
비 오는 날
우산 하나 같이 쓰고
함께 같은 길을 걸어가는 것 아닐까

때론
내리는 폭우에
두 몸이 흠뻑 젖기도 하고

때론
물웅덩이에 춤추듯 뛰며
두 손 맞잡고 콧노래 흥얼거릴 때도 있겠지

또한 가끔은
떨어지는 빗방울을 속수무책으로
바라만 봐야 하는 시간도 있을 거야

그래도… 미나야~

세상 살아가다 보면
비 오는 날보단
맑고 화창한 날이
훨씬 더 많은 거 알지?

서로 의지하고
아끼며 살아가거라
행복해라, 미나야~

(제1회 시카고 한인여성회 편지쓰기 공모전 입상작 :
결혼하는 딸아이의 행복을 기원하며 마음을 담아 썼던 편지)

# 숨바꼭질

하늘의 별
지상으로 내려와
봄꽃으로 피어
술래잡기 놀이
삼매경에 빠지다

꽃들아, 나 찾아봐라
하나, 둘, 셋
셈을 센다

고고한 매화 지니
산수유 활짝 웃고
큰괭이밥 바위틈에 숨고
마른 풀숲 뒤 숨어 앉은
보랏빛 청노루귀
귀를 쫑긋 세우네

허리 굽은 분홍할미꽃
슬그머니 미소 보내며
술래에게 눈짓하니

마음 급한 은방울꽃
뛰어가다 넘어져
딸랑딸랑 방울 소리에
모두가 돌아보네

꽃이 이쁜들
백일을 넘길까

얼굴이 고운들
백 년을 갈까

마음 밭에 꽃씨를 뿌려
천년의 향기 피워볼까

눈물로 물 주고
온유로 감싸 안고

질곡의 세월도 품어 안고
탐욕의 땅 비워내고

유한한 인생 다투지 말고
무한한 자유를 위해

마음 밭에 꽃씨를 뿌려
천년의 향기 나누어 보자

# 고백 연서 (告白 戀書)

얼굴 맞대고
가슴 맞대고
살아온 긴 세월

바람 부는 날이면
바람막이 되어주고
비 오는 날이면
우산 되어주며
살아온 40년

그대의
따뜻한 손이 있어
견딜 수 있었습니다

그대의 고운 눈빛 있어
외롭지 않았습니다

망망대해 같은 세상살이
함께 노 저어 갈 수 있어
행복했습니다

앞으로도 더 오랫동안
그대의 손 맞잡고
같이 늙어가고 싶습니다

그리움의 빗장을 열고

시름이 깊은 만큼
강물도 깊고
세월도 깊다

사랑은
고통과 함께 오는 축복

아픔 없는 사랑 없고
같이 견디어주는

눈물이 있어
행복하여라

빛나던 웃음도
서러움도 흘러라

뼈마디 아리던 긴 밤
한숨도 흐르고 흘러

우리 사랑,
강물처럼 흘러
끝내는 바다로 흘러가리라

한국 마트에서 사온
소꼬리 두 팩

세상 넓이와 깊이를 가진
들통에 들이붓고

물에 담가 핏물을 빼고
후루룩 끓여 첫 물은
버려 버리고

맛있고 진한 국물
맛을 내기 위해선

시간이 필요하고
인내가 요구되듯

긴 긴 밤
센 불과 가는 불
조절해가며 뭉근히 끓여

단단하던 살과 뼈
흐물흐물 녹아내리니

너와 나 얽히며 설키며
살아온 40년 세월

뽀얗고 진한 곰국
곰삭은 우리 사랑

만추의 황홀경에 빠진
소년이 자꾸만 웃는다

자연의 경이로움은
노인을 소년으로
돌아가게 한다

역사와 철학은
저 멀리 던져버려라

살아있음이 축복이고
사랑할 수 있음이 기적이다

꽃잎 떨어지듯
아름다움이
뚝 뚝
떨어지는 날

늙은 소년의 웃음이
가을 햇살보다
밝다

적막한 거리에
햇살이 놀러 내려와
나에게 손짓한다

이리 와
내가 마사지해 줄게
몸에 힘을 빼고
나에게 너를 맡기고
눈을 감아봐!

힘들었지?
이제 곧 괜찮아질 거야
어느새 나의 얼굴
봄꽃으로 활짝 피어난다

감미로운 봄바람
불어오는 봄밤

꽃 속에 웃고
서 있는 그대

그대가 꽃인지
꽃이 그대인지

하얀 별빛 떨어지듯
쏟아지는 꽃들의 기도

내가 꽃이 되고
그대가 꽃이 되는

황홀한 사랑의 노래
눈물이 솟구치는 밤

짧아서 귀한
꽃 밤의 행복이여

길을 가다가
소나기를 만났다

우린 비를 피해
나무 밑으로 들어갔지

당신이 웃으니
나도 웃게 되었어

그러고 보니

내 인생의 우산은
당신이었네

그리운의 빛깔을 일고

꿈마다 '너'를 찾던 아버지

어머니, 그 강인한 이름이여

꽃피는 오월, 한 마리 나비 되어

세월이 아무리 흘러도 늙지 않는 기억이 있다. 어린 시절 마산에서 서울 다녀오신 아버지가 사다 주신 반질반질 빛나던 빨간 구두와 내가 서울에서 대학 다닐 때 아버지가 부쳐주신 자필 편지는 특히 그렇다. "지나가다가 예쁜 옷 있으면 사 입고 여자는 어디를 가더라도 몸을 정갈하게 해야 한다"시던 그것은 아버지의 편지가 아니라 사랑이었다.

4남매 중 맏이로 태어난 딸이라 그랬는지 유독 아버지는 나를 예뻐하셨다. 엄마는 형제들이 모인 자리에서 곧잘 어릴 적 내 이야기를 하면서 아버지 생각을 하시곤 했다. 내가 다섯 살쯤에는 장난기가 많고 호기심이 많았던 모양이다. 그때는 수돗물이 귀해서 마을 전체 큰 우물가 옆에 공용 수도가 있었다. 각자 들통을 들고 나와 받아서 가곤 했는데 자리싸움이 치열하게 일어나기도 했다. 엄마는 자리를 잠깐 비울 때면 나보고 그 자리를 지키고 있으라고 하셨고, 어렴풋이 물지게를 지고 나르는 사람들도 있었던 기억이 나기도 한다.

어느 날 그렇게 힘들게 받아온 물독에 내가 비누를 넣어서 물장난하다가 엄마에게 들켰는데 엄마가 나를 혼내자 아버지가 역정을 내면서 "어린애가 그럴 수도 있지 뭘 그리 혼을 내느냐"고 하셔서 엄마는 그 자리에선 더 화를 못 내고 나를 동네 뒷골목으로 데려가서 계모처럼 혼을 낸 적이 있다면서 몇 번이고 같은 이야기를 하시곤 했다.

어린 시절 우리는 4남매 중 어느 하나가 잘못하면 네 명이 단체로 기합을 받았다. 그러다가 맏이인 내가 대표로 매를 맞는 경우가 있었는데 동생들은 안방에 무릎 꿇어앉게 하고, 나는 미닫이문이 있는 창고 방에 불려가 매를 맞았다. 아버지는 큰소리로 화를 내고 호통을 치시면서 회초리는 방바닥을 치고 있었다. 그러면 동생들은 자기들 때문에 내가 아버지께 혼나는 것에 안절부절못했다.

사람은 몸과 마음이 바빠야 하는데 요즘 코로나19로 집에만 있다 보니 어릴 적 생각이 많이 난다. 평소에는 말씀이 없어 무서운 표정이셨는데 어느 순간 '빵'하고 웃으실 때의 모습은 너무나 천진난만한 소년 같았던 아버지의 웃음소리가 새삼 기억난다. 아버지는 거의 술을 안 드셨는데 어느 날 모임에서 술에 잔뜩 취해 오셨다. 기분이 좋으셨든지 말씀도 많이 하시고 방바닥에 댓 자로 누워 노래를 부르셨다. 그땐 침대도 없었고 안방에 냉장고가 있던 시절이었다. "아, 산이 막혀 못 오시나요. 아, 물이 막혀 못 오시나요. 다 같은 고향 땅을 가고 오련만 남북이 가로막혀 원한 천 리길 꿈마다 너를 찾아 꿈마다 너를 찾아 삼팔선을 탓한다!" 아버지는 아버지의 어머니를 찾으면서 흐느끼셨다. 우리는 모두 깜짝 놀랐는데 아버지는 그렇게 노래 부르다 스르르 잠이 드셨다.

그 노래가 가수 남인수의 "가거라! 38선"이라는 것은 나중에 알았다. 그때는 노래방도 없었던 때여서 아버지의 육성으로 들어본 유일한 노래이다. 누구나 그렇듯이 내게는 그냥 아버지였는데 그때 처음으로 한 남자의 고독과 그리움을 보았다.

햇볕 부서져 내리던 어느 가을날 오후, 대청마루 난간에 기대 낮잠을 즐기시던 모습도 그립다. 힘없는 아버지의 몸이 노곤한 햇살에 녹아내린 듯 꿈결에 누굴 만나시는 걸까, 코끝을 씰룩이며 짓는 엷은 미소가 행복해 보이기까지 했다. 수돗가 옆의 빨간 맨드라미는 남은 생의 정염을 불태우듯 닭벼슬처럼 꽃 모가지를 빳빳하게 들어 올리고, 따뜻한 낮 졸음으로 기분이 맑아진 아버지는 생전 처음 보는듯한 미소를 나에게 건네주셨다. 육신은 떠나가도 추억 속의 페이지는 늙지도 않고 그 시절 그 순간 그대로 살아계신 아버지의 미소를 만나게 한다.

아버지는 워낙 몸이 병약하셔서 항상 병을 달고 사시며 병원을 이웃집 마실 가듯이 다니셨다. 만성 간경화증을 앓던 아버지는 급기야 얼굴이 노래지는 황달 증세가 오고 복수가 차는 등 심하게 말기증세를 보였다. 병원에 입원해 계실 때 의사가 며칠 안 남으신 것 같으니 마음의 준비를 하셔야 할 것 같다고 했다. 아버지는 궁금해하시며 자꾸 물어왔다. "선생님이 뭐라 하시노. 좀…. 나아진다 카나?" 아버지의 끈질긴 생의 집착을 보면서 우리는 속으로 얼마나 울었던지….

가을과 겨울 사이에 접어든 11월 중순에 아버지를 집으로 모시고 왔다. 쌀쌀하다가 햇볕이 따뜻하기도 했던 11월의 어느 날 아침, 아버지는 대청마루에 앉아서 나를 찾으셨다. "햇볕이 참 좋다. 여기 앉아 봐라." 하시며 손톱, 발톱을 깎으려 하시길래 "아버지, 제가 깎아 드릴게요." 하며 정리해 드렸다. 아버지는 그날 머리도 감고 몸을 닦으셨는데 개운하다며 참 좋아하셨다. 나도 속으로는 '의사들이 뭘 알아. 아버지가 이렇게 기운도 있고 좋아 보이는데'라고 생각했다. 그러나 아버지는 따뜻한 햇볕을 즐기신 그 다음 날 우리 곁을 떠나가셨다. 그곳에서 마음에 품고 꿈에도 그리던 어머니(나에겐 할머니)를 만나 눈물의 상봉을 하셨으리라. 그리곤 두고 온 우리들을 그리워하시겠지. 봄 햇살이 고운 오늘, 따뜻한 햇볕 받으며 가을에 떠나신 아버지가 유독 그립다.

〈문예마을〉 2020년 신인 문학상 수필 부문 당선작
(24호 문학지)

2014년 어느 초겨울 수원, 밤 12시 언저리쯤 여자 6명이 식탁에 노란 귤을 앞에 두고 앉아있었다. 시카고에서 온 큰딸인 나, 뉴욕에서 온 내 딸 미나, 수원에 사는 둘째 동생 경화, 그녀의 두 딸 그리고 마산에서 올라오신 친정엄마까지 모두 삼대가 모여앉아 이런저런 이야기를 나누고 있었다. 시카고와 뉴욕에서 가족들을 만나기 위해 고국을 찾아와 3주간의 휴가를 마치고 다시 미국으로 돌아가기 전날 수원에서의 마지막 밤을 같이 보내고 있었다.

밤은 깊어 가는데 모두 잘 생각은 않고 이야기꽃을 피워 나가던 중에 미나가 할머니를 부르며 바짝 붙어 앉았다. "할머니, 어느 날 제가 뉴욕 타임스퀘어 길을 걷는데 우리 할머니를 닮은 분이 지나가더라고요. 근데 그 순간 갑자기 할머니의 인생이 궁금해지는 거예요. 할머니, 살아온 이야기 좀 해주세요."라고 말했다.

엄마는 어색한 웃음을 지으며 손사래를 쳤다. "아이고, 늙은 사람 이야기 들어서 뭐 하려고. 젊은 너거 이야기가 재미있지."라고. 그러자 다른 손녀딸인 가현이가 거들었다. "할머니, 우리 외할아버지랑 어떻게 만나 결혼하셨어요?" 모두 두 눈을 반짝이며 고개를 끄덕이며 이야기해달라고 압박을 가하자 엄마는 못 이기는 척 이야기보따리를 풀어내기 시작했다.

키만 멀대같이 크고 가진 거라곤 빈 주먹뿐인 아버지를 만나 결혼하게 된 이야기부터 시작했다. 처녀 시절 뽀얀 피부에 눈썹이 새까맣고 전형적인 미인의 이목구비를 가진 엄마가 뭇 사내의 구애를 뿌리치고 우리 아버지랑 결혼한 이유는 너무 신선하고 충격적이었다. 아버지는 재산도 하나 없고 숫기도 없는 사람이었는데 너무 추워 보여서 이 사람과 결혼해야겠다는 생각이 들었다고 한다. 그래서 '저 추위를 나의 온기로 품어 주리라. 내가 저 집안으로 시집가서 이 집안을 일으켜 보리라.'고 생각했다 한다. 그 이야기를 들은 우리 모두는 입을 쩍 벌리며 놀라워했다. "어떻게 그런 집에 시집갈 생각을 할 수 있어?" 결혼하지 않은 세 손녀 딸들은 이해가 되지 않는 표정들을 지며 그렇게 말했다. 그때 엄마 나이가 23살이었으니 얼마나 곱고 예뻤을까.

엄마는 바람 소리 나는 창밖을 내다보며 옛날로 돌아가고 있었다. 막상 시집이라고 와보니 쌀독에 쌀 한 톨이 없어서 시집갈 때 가져간 비상금으로 밀가루 한 포대를 사서 그걸로 수제비를 만들어 삼시 세 끼 먹었는데 그때 너무 먹고 질려서 아직도 수제비는 쳐다도 안 본다고 하시면서 머리를 흔들었다.

엄마는 그 다음날로 마산 근방의 시골로 보따리 장사를 나갔다. 시골 사람들이 필요한 동동 구루무, 오스카 크림, 실과 바늘 등 잡동사니를 보따리에 이고 나가 팔았다. 버스도 드문 시골길을 걷고 또 걸어가면 시골 아주머니나 할머니들은 "아이고, 이리도 곱고 예쁜 색시가 여기까지 이걸 팔려고 왔나" 하면서 단골이 되어주었다. 돈이 없는 사람들은 쌀로, 보리쌀로 대신 지불하고 다음에 올 때는 이것, 저것을 갖다 달라면서 주문을 하기도 했다. 그렇게 마련한 종잣돈으로 신 마산 시장 한 귀퉁이에 조그만 철물점을 차렸다. 그 뒤로 조금씩 돈을 모아 그 근방에선 제법 부자 소리를 들으며 가게를 키워나갔다. 나도 어렴풋이 기억나는데 '부광상회'이다.

그렇게 정신없이 바쁜 중에도 엄마는 명절에 서울 도매 가게에 명절 용품 물건을 떼러 가면 우리 4남매의 명절옷을 제일 먼저 사놓고 다른 물건들을 구입했다며 자랑하듯 우리들에게 이야기했다. 나도 그 말을 들으니 옛 생각이 떠올랐다. 명절 뒤 그 옷을 입고 학교에 가면 아이들이 부러워하면서 옷을 만지작거리던 게 생각났다.

그 당시에는 추석이나 설 명절 대목이 되면 인근 시골에서 명절 용품을 사기 위해 넘어온 사람들로 부광상회는 사람들로 북적거렸는데 사람 손이 필요했던 엄마는 나를 감시꾼으로 보초를 세웠다. 가게 한쪽 코너에 나를 세우고선 좀도둑이 많으니 잘 지키라고 당부를 했다.

어느 날 덩치가 크고 얼굴이 시커먼 아지매가 나를 쳐다보면서 양말들을 호주머니에 집어넣었다. 두 눈

그리움의 빗장을 열고

을 부라리며 입술은 앙다문 채로 나를 노려보았는데 나는 겁에 질려 말도 못 하고 쳐다만 보다가 집에 가서는 엄마한테 혼날까 봐 그 말을 못 했던 기억이 난다. 그때는 정말 돈을 갈고리로 낙엽 쓸어 담듯 했다. 그렇게 하여 우리는 드디어 창원 군청 밑에 제대로 된 적산가옥 한 채를 장만하여 이사하게 되었다.

우리 집은 은근히 그 동네에서 부잣집이라고 소문이 나기 시작했고, 시장에서 가게도 크게 하니 돈이 많을 거라 생각했는지 어느 날 밤 집에 밤손님이 찾아들었다. 그때 아버지는 밤이 되면 가게에 붙어있는 조그만 방에서 주무시고, 우리는 모두 큰 안방에 다 같이 모여 잤다. 그리고 나머지 방들은 세를 놓고 살았는데 어느 날 우리 4남매는 세상모르고 잠이 들었고, 엄마도 고단한 몸 누이고 잠이 설핏 들었는데 누군가 안방 문을 스르륵 아주 조심스럽게 여는 소리를 잠귀가 밝은 엄마가 들었다. 엄마는 순간적으로 도둑이구나 생각하며 큰 소리로 말했다. "누고!! 누가 안 자고 이리 다니노." 하며 소리쳤다. 그랬더니 도둑이 놀라서 후다닥 방문 밖으로 튀어 나갔다. 이런 소란함 속에 우리 4남매는 모두 놀라서 울었는데 엄마는 "괜찮다. 도둑놈 도망갔으니 인자 안 올 끼다."라고 말하며 우리를 다독거렸다. 그때 엄마 나이 삼십 대 중반이었을 텐데 어찌 그리 용감할 수 있었는지 지금 생각해도 놀랍기만 하다.

엄마는 세상 무서운 게 없는 듯 보여 나는 엄마에

게 물었다. "엄마는 세상에서 뭐가 제일 무서워?" 엄마는 뜻밖의 대답으로 나를 놀라게 했다. "나는 이 세상에서 너거 아버지가 제일 무섭고, 그다음이 내 새끼들 너그들이다. 나는 대통령도 안 무섭고 돈 많은 이병철이도 안 부럽다."라고 말하면서 눈을 찡긋하며 웃어 보였다. 천하무적 엄마의 그 말은 진심인 듯 느껴져 나도 모르게 고개를 끄덕였다.

병약하신 아버지는 식성도 까다롭고 많이 드시지도 않았다. 아버진 항상 혼자 독상을 받아 드셨고, 우리 4남매는 동그란 밥상에 둘러앉아 밥을 먹었다. 입이 짧은 아버지가 집에서 만든 뜨끈한 손두부를 좋아해 엄마는 곧잘 손두부를 만들어 드리곤 했는데 김이 모락모락 나는 하얀 손두부를 자르며 행복해하던 엄마의 모습이 지금도 눈에 선하다. 아버지가 돌아가신 이후엔 생활이 더 바빠진 탓도 있겠지만 엄마의 손두부는 더 이상 맛볼 수 없었다.

그때는 몰랐지만 어머니, 그 강인한 이름 뒤에 숨어있는 엄마도 연약한 여자이고 사랑받고 싶은 여인이었음을 이제야 깨닫는다. 손녀딸들도 그렇지만 우리 두 딸도 새롭게 듣는 엄마의 인생이야기에 신기해하며 감탄사를 연발했다.

엄마는 새벽부터 늦은 밤까지 하루 종일 가게 일이며, 집안일을 모두 혼자 감당해야 했다. 그렇게 가게 일을 마치고 집으로 돌아오면 4남매가 벗어놓은 옷

그리움의 밥상을 열고

들을 커다란 빨간 고무통에 담가서 빨래를 치대곤 했는데 내가 자다가 눈 비비면서 일어나면 엄마는 고무장갑도 안 낀 손으로 빨래를 하고 있었다. 엄마는 "아직 깜깜한 밤이다. 더 자라." 하면서 빨래를 빡빡 문지르곤 했다. 그땐 세탁기가 없으니 매일 빨아 널어 말리지 않으면 안 되는 그런 시절이었다.

그 멀고도 힘든 긴 세월 돌아와서 이제는 눈도 침침해 하시고 젊어서 몸을 혹사하셔서 안 아픈 데가 없으시다. 요즘은 병원 가기를 아이들 학교 가는 것처럼 일과가 되어버린 엄마의 하루를 생각하니 참으로 죄송한 마음이 든다.

중학교 일학년 때의 일이다. 나는 5월 5일 학교행사에 우리 반 달리기 주자로 뽑혀서 매우 들떠 있었다. 아침에 일어나 바깥을 내다보니 하늘은 맑고 바람도 없는 고운 5월의 아침이었다. 학교 가려고 준비를 하며 화장실에 갔다가 나는 자지러지게 놀라서 화장실에서 "엄마, 엄마"만 부르고 있었다.

엄격하고 유교사상에 젖어있던 외할아버지가 여자는 글공부하면 집안이 시끄러워지니 시집가서 아들, 딸 낳고 살림만 잘하면 된다고 엄마가 공부를 못하게 하였다. 그래서 학교 교육을 제대로 받지 못하여 유식하진 않지만 언제나 세상 앞에 당당하고 배포가 큰 지혜로운 여인으로 병약한 아버지와 큰 가게를 운영하며 집안을 이끌어가던 천하무적의 여장부였다. 그런데 그런 엄마의 취미는 너무도 여성스러웠는데 그것은 안방에 있는 서랍장에 각양각색의 고운 빛깔을 가진 원단을 곱게 접어 넣고는 시간이 날 때면 꺼내 보는 것이었다. 고운 봄 꽃잎 색깔의 분홍빛 실크 원단, 하늘빛의 광목천도 있었고, 또한 맑은 아기 피부 같은 하얀 광목천이 가지런히 서랍장에 누워 있었다.

엄마는 분홍색 실크 원단을 들어 보이며 "이것은 경희 시집갈 때 한복 만들어 입힐 거고 그리고 이 하얀 광목천은 네가 여자가 되는 날 처음 입을 옷이다." 하며 들어 보였다. 그리곤 여자의 초경에 대해 설명하면서 "언젠가는 너도 생리를 할 텐데 미리 알고 있어야 한다."며 그때 놀라지 말고 엄마에게 말해야 한다고 언질을 주셨다. 나는 그 말을 들으며 한밤중에 면으로 된 생리대를 빨고 있던 엄마 생각이 나서 막연하게 고개를 끄덕였다. 그런데 하필 학교 달리기 행사를 하기로 한 날 이런 불상사가 일어난 것이었다. 나는 놀라기도 했지만 오늘 행사에 참여할 수 없다는 절망감에 울어버렸다. 엄마는 "내가 선생님께 잘 말씀드려 줄테니까 걱정하지마라."라고 위로했지만 나는 선생님이 나의 초경을 알게 되는 게 싫어서 더 큰 소리로 울었다.

그 무렵 우리 집에는 엄마가 가게 일로 집안 살림을 다 챙길 수가 없어 스무 살이 채 안된 점순이 언니가 살림을 맡아 도와주고 있었다. 점순이 언니는 얼굴에 점도 없었는데 왜 이름이 점순이 언니라고 불리는지 항상 궁금했지만 막상 물어보지는 못했다. 점순이 언니는 눈치도 빠르고 싹싹해서 엄마에게 인정을 받고 있었고, 우리도 엄마가 집에 없으면 모든 걸 점순이 언니에게 물어보곤 했다. 언니는 나이는 어려도 어른같이 우리를 잘 챙겨주어 우리도 언니를 믿고 잘 따랐다.

엄마는 소중히 아끼던 서랍장을 열어 준비해 둔 흰 광목천을 찾기 시작했다. 다급한 두 손으로 여기저기를 열어보며 찾다가 엄마가 한숨을 내 쉬었다. "내가 분명히 여기 두었는데 어디 갔지? 이상하네." 하시면서 엄마가 나를 위해 예비해 두었던 광목천이 사라진 것을 알게 되었다. 그렇게 하여 집안에 갑자기 보물

찾기 놀이하듯 집안 곳곳을 구석구석 살피기 시작하면서 엄마의 탄식 소리가 여기저기서 터져 나왔다. 부엌에선 얼마 전에 새로 짜서 부엌 서랍장에 둔 참기름이 없어졌고, 쌀독에 부어 놓은 쌀도 줄어있었다. 나의 초경이 큰일이 아니라 엄마의 살림살이가 군데군데 옥수수 이빨 빠진 것처럼 있어야 할 제자리에 있지 않았던 것이었다.

모든 의심의 눈초리는 점순이 언니에게로 향했고, 언니는 뭐 마려운 강아지처럼 안절부절했다. 엄마는 마음을 가라앉히고 언니를 불러 세웠다. 엄마가 "점순아" 하고 부르자마자 언니는 방바닥에 털썩 무릎을 꿇으며 두 손을 싹싹 빌었다. "잘못 했어예. 지가 그랬어예." 하면서 울음을 터트렸다. 처음엔 훌쩍훌쩍 울더니 나중엔 큰 소리로 울어 엄마와 우리 식구들은 무슨 말을 해야 할지 모른 체 점순 언니만 멍하니 바라보고 있었다.

그런 일이 있은 후 엄마는 점순 언니에게 살림 빼돌린 모든 것을 배상하라고 하며 우리 집에서 나가라고 했다. 엄마는 배신감과 실망감에 더 이상 점순이 언니를 우리 집에 둘 수 없다고 생각했던 것 같다. 점순 언니는 갚을 돈이 없다며 손이 발이 되도록 빌며 사정했다. 엄마는 아마도 점순 언니 집에 가면 거기에 우리 물건들이 있을지 모른다며 집으로 가보자고 했다. 점순 언니를 앞세우고 엄마 따라 나도 같이 갔는데 나는 그때 처음으로 마산 시내를 벗어나 버스를 타고 상남이란 곳을 가보았다. 버스 안에서도 언니는 코를 훌쩍거리며 울고 있었다.

버스 창문 밖으로 보이는 들녘에는 마산 도심에서는 보지 못했던 푸른 봄싹들이 파릇파릇 노래 부르는 듯하였고 하늘빛이 얼마나 아름답던지 모든 게 처음 보는 듯 신기했다. 나비들이 날아다니고 시냇물 소리도 들리는 듯하여 나는 넋이 빠진 아이처럼 나의 초경으로 벌어진 사태는 까맣게 잊고 창문에 두 눈을 박고 바깥세상에 빠져들었다.

언니를 앞세워 찾아간 그녀의 집은 다 쓰러져가는 토담집이었는데 할머니 한 분이 어두운 방에서 기침을 콜록거리며 누워 계셨다. 엄마는 할머니와 그 집의 행색을 보고는 가만히 서 있기만 했다. 그러더니 "할매요, 점순이가 우리 집에서 일을 못하게 됐는데 집으로 안 가고 다른 데로 갈까 봐 제가 데리고 왔습니더."라고 말하는 게 아닌가. 그렇게 할머니께 점순 언니를 인계하고는 돌아서서 다시 우리 집으로 가기 위해 신작로를 걸어 나왔다. 점순이 언니는 울면서 따라 나와 엄마를 붙잡았다. "제가 죽을 죄를 졌습니다. 나중에 다 갚아 드릴께예." 하면서 말을 잇지 못했다. 버스를 타러 가는 길에 엄마는 점순 언니에게 낮은 목소리로 말했다. "할매가 아프고 돈이 필요하면 나한테 말을 해야지. 그런 식으로 살림을 빼돌리면 안 된다 아이가. 사람이 그리 살면 절대로 안 된다. 알겠나." 나는 엄마와 점순 언니 뒤를 따르며 시골길을 걷는데 주책없게 너무 좋았다.

그때 하늘 가로 뉘엿뉘엿 저무는 해 뒤로 낮게 내려
오는 붉은 노을빛에 넋을 잃고 쳐다보다가 뒤를 돌아보
는 엄마를 좇아 뛰어갔다. 나는 엄마가 점순 언니 할머
니에게 아무 말도 하지 않고 나온 것이 참으로 고마웠
고, 엄마 뒤를 따라가면서 큰절을 하고 싶을 지경이었
다. 점순 언니가 불쌍하다고 생각했었던 것 같다.

아주 오래된 이야기처럼 들리지만 그때는 모두 그렇
게 헝겊으로 된 생리대를 만들어 쓰던 시절이었다. 우
연히 마트에서 생리대 진열대를 지나치다 그 날이 생각
났는데 세련된 포장에서는 라일락 꽃향기가 나고 나비
들이 날아다니고 있었다.

그리움의 빗장을 열고

## 목경화 시인 편

경남대학교 사범대학을 졸업하고, 아주대학교 대학원 행정학과를 졸업하였다. 〈한국시학〉 신인상(2015)을 수상하여 문단에 등단하였으며, 수원 버스정류장 창작시 공모전(2014, 2016, 2019)에서 우수상을 수상하였고, 〈한국문인〉 수필 부문 신인상을 수상하였다(2019). 현재 수원 문인협회와 새 한국 문학회 회원이며, 경기 여류문인협회 사무국장으로 활동하고 있다. 그리고 현재 부모교육 강사로 활동(수원시육아종합지원센터)하고 있으며, 수원시 소재 시립 매탄어린이집 원장으로 근무 중이다. 저서로는 시집으로 「고요한 물결 흔들며」 등 다수가 있으며, 동인지로 「여백. 01」이 있다.

* E-mail: mok402001@hanmail.net

몇 년 전 여름
그날 이후 시간이 멈춘 듯
눈을 뜨고 앞을 볼 수도 없고 누구 말도 들리지 않았다.

폭우가 쏟아지는 그 여름
길 잃은 작은 새 한 마리 두려움에 바들바들 떨고 있을 때
내게 내민 한 권의 노트와 펜
"엄마, 울지만 말고 힘든 마음을 여기다 적어보세요."
딸의 한 마디가
어두운 터널 끝 한 줄기 빛으로 내게 다가온 시 쓰는 일
이제는 삶의 일부분이 되었다.

두 딸의 엄마로 비틀거리지 않기 위해
오늘도 시집 한 권을 펴든다.

힘들고 외로울 때,
시는, 문학은
나에게 친구가 되었고
힘을 주는 버팀목이 되었다.

감꽃 향기가 그리운 가을
감 나무집 막내아들과 마산에 홀로 계시는
엄마를 생각하며
오늘도 난 시를 쓴다.

둘째 딸 경화 드림

제2부

가족

# 아버지

젊은 날 거뜬했던
삶의 무게가
어느 날

허리통증 때문인지
삶의 고단함 때문인지
무겁게 느껴져 내려놓고 싶을 때

바지 허리띠를 한 번 더 동여매고
괜찮다 헛기침에
다시 짊어졌을 그 짐
힘들었을 그것을

이제는 알겠습니다

무거운 짐
내려놓고 가다가
가다가
가
다
가

몇 번이나
뒤돌아보았을지

이제는 알겠습니다

영정사진 품에 안고
대문으로 들어서니
앞마당 텃밭에 이름 모를 풀들만
사진 속 주인을 반긴다

대청마루 한쪽에
아버님 팔순기념 흑백사진이
덜렁거리며 웃고 있고

주인 잃은 빈 밥솥
식탁에 홀로 앉은
수저가 기다리고 있다

대문 우편함에는
거미줄과 함께 쌓여있는 공과금 고지서
주인과 함께
문패를 뗀 집이 죽어간다

아파트 곳곳
나무들의 정리해고가 진행 중이다
그냥 두어도 괜찮을 것 같은 나무들을
툭툭 잘라내고 있다

윗집 1004호 아저씨
초저녁부터 마트 한쪽 탁자에 앉아
혼자 소주를 마시고 있다
등이 굽은 새우깡 안주와 함께

전기톱에 잘려나간 나무들은
부끄러운 듯 아니
화가 난 듯
나무기둥이 벌겋게 달아올랐다

출근길 언제나 인사를 건네는
1004호 윗집 아저씨
보이지 않아 궁금했는데
퇴근길에 소주잔과 함께 만난다

들리는 소문에
다니던 회사에서
어느 날
정리해고를 당했단다

이제 막둥이 대학 졸업만 하면
사표를 던지리라 마음먹은 사직서 한 장이
새우깡 봉지와 함께 바람에 날아가고
흔들이는 소주잔에 막둥이 얼굴이 웃고 있다

아파트 숲 사이 저녁노을이 내려온다

# 기원

합장한 두 손에
부치지 못한 염원을 담고 있다

극락왕생
사업번창
가족건강
시험합격

백만 원
오십만 원
십만 원
오만 원

가격을 정할 수 없는
엄마 마음들이
백만 원 맨 앞줄
오십만 원은 그 뒷줄
번호표 받고 줄 서서 기다린다

경상도 감나무 집 며느리
수원으로 이사 온 지
스무 해

이곳
사람 향기가 좋다
사람이 반가운
수원

고향 그리던
빈 마음
이웃사촌 향기로
하나씩 채워간다

혼자 먹는 저녁
멸치 대가리
고추장 찍어
물 말아 먹는 밥
눈물 한 방울로
싱거운 찬에 간을 맞춘다

7첩반상 반찬보다
앞자리 말벗이 필요하다

살아야 하기에
살아내야 하기에
세상과 힘겨운 말다툼을 하고
돌아가는 그곳

고생했다고
수고했다고
말없이 품어주는
그대가 있는
오늘도 돌아가는 그곳

사랑이 기다리는
사랑을 기다리는
작은 마음 하나
기댈 수 있는 그곳

집으로 간다

# 흑백사진

흑백사진 앨범 속에
고향 마산이 있다

월포동 코 흘리는
유년 시절이 있고
단발머리 세라복 교복 입은
여고 시절도 있다

먼지 가득 흑백사진 앨범 속에
어설프게 외치던 80학번 5.18이 있고
동동주 잔을 들고 독재 타도를 외치던
댓거리 막걸릿집 사진도 있다

첫사랑 감나무 집 막내아들과
오동동 후미진 뒷골목 가로등 밑에서
몰래 하던 첫 키스
그리고 비릿한 바다 냄새

흑백 앨범 첫 장에는
한복 입고 엄마와 함께 갔던 소풍 사진
마지막 장에는
둘째야 하고 불러주시던
시어머님의 눈물 어린 산소가 있다

객지 생활 삼십 년
흐릿한 그림자만 남아 있는 고향 마산
가끔 생각나는
초등학교 졸업 앨범 같다

친정엄마

출근 준비로 바쁜 아침 울리는 전화벨 소리
받을까 말까 고민하다 받으니
밥 잘 챙기 묵고 댕기라 하는
팔순 엄마의 뻔한 잔소리

지친 퇴근길
운전 중 울리는 전화
혹시 하는 급한 마음에 받아보면
다정하지도 않은 경상도 할머니 목소리
운전 단디[1]하고 댕기라는 뻔한 잔소리

밥 굶지 말고
밤길 조심하고
남자 조심하라고
오십 넘은 딸
걱정하는 엄마의 뻔한 잔소리

엄마 닮아 아픈 손가락
걱정만 끼치는 못난 딸
나도
어느새 딸들에게
뻔한 잔소리 해대는
친정엄마가 되어 있다

1) 조심

마음이 좀 그래
너를 이제 시집보내려니
마음이 좀 그래

남편 같은 딸
친구 같은 딸
너를 이제 보내려니
마음이 좀 그래

삼십 년을 품고 산
너를 물가에 어찌 보낼까
걱정 많은 엄마
마음이 좀 그래

이젠 떠나보내야 하는데
마음으로 품고
내려놓아야 하는데
마음이 좀 그래

가서 잘살아
아프지 말고
웃으며
부디 울지 말고 잘살아

그것만으로
난 괜찮아
엄마 마음이 그래

# 당신은 좋겠네

당신은 좋겠네
늘 그리워하는
마누라가 있어서

당신은 좋겠네
아빠를 존경한다는
딸들이 있어서

당신은 좋겠네
최고라고 기억해주는
친구들이 있어서

당신은 참 좋겠네
늘 청년으로
남아 있으니

오월이면
술 한 잔 권하듯
붉은 꽃물결들이 출렁이는
남도로 꽃 나들이 갑니다

코끝에 주렁주렁 달려 있는
생명줄 때문에
손녀가 내미는 꽃향기 맡을 수도 없이
그저 눈만 껌뻑이며
고맙다고 입술을 오물거리기만 합니다

오월이면
여기저기 꽃 축제가 한창인데
카네이션 향기도 맡지 못하고 아버님 모습에
못난 며느리는
매운 마늘을 먹은 듯 코끝이 멍멍합니다

오월의 고속도로 많은 차량 행렬
남쪽으로 꽃 한 송이 전하러 가는
못난 자식들 때문에
경부선 꽃길이
카네이션 향기로 가득합니다

그리움이 빗살을 읽고

제2부

그리울

# 당신인가 하여

불어오는 바람이
당신인가 하여
두 팔 가득 바람을 맞이합니다

팔월 장마
끝도 없이 내리는 비
당신인가 하여 온몸을 적십니다

오색빛깔 쌍무지개
당신인가 하여
마음으로 곱게 정성스레 품고 또 품습니다

팔월 백중날 어디선가 날아온
노랑나비 한 마리
당신인가 하여 심장이 두근거립니다

온 우주가 전부
당신인 듯하여
애틋하고 곳곳이 눈물입니다

사람들이
수많은 간이역에서 타고 내리기를 반복한다

삶이 고단해 절망이란 역에서 그만 갈까 고민하다
또 다른 역이 궁금해
새로운 간이역에서
동행을 기다리고
사랑을 기다리고
행복을 기다리고
그리고 희망한다

종착역까지 남은 여행
이번 간이역 주인공은 누구일까 궁금하여
오늘도 역 플랫폼에 서 있다

밀린 숙제를 하듯
마지막 숙제를 한다
하루 하나씩
숙제를 한다

보고 싶던 옛 친구와 술잔을 기울이고
연락이 뜸한 선배에게 안부를 묻고
아내와 사랑 여행을 다녀오고
딸들과 물놀이를 가고

그렇게
뜨거웠던 여름이 끝나고
그는 떠났다
마지막 숙제를 끝내고
· · · · · ·

그리움의 빗장을 열고

연화장 꽃길 따라
은빛 쪽머리
빗어 넘기고

손녀가 사준
꽃분홍 블라우스 하늘거리며
고운 님 만나러 가는 길

힘없는 걸음걸이
지팡이 짚은 흔들거리는
검버섯 가득한 손

하얀 분칠
붉은 볼
빨간 입술은

연지곤지 찍고
꽃가마 타고
혼례 치른 첫날 밤

두근두근 설레는 마음 안고
연화장 꽃길 따라
서방님 만나러 간다

비 오는 오후
커피 한 잔 마시려다
추억만 마신다

누구의 눈물인지
커피숍 창 너머로
주르륵주르륵

아메리카로 한 잔
추억 한 방울
그리운 얼굴 하나

약해지는 빗줄기 따라
커피도 식어가고
눈물도 말라간다

커피 한 잔 마시려다
오늘도
추억만 마신다

두툼한 솜이불
별이 다섯 개 선전하는 온돌 침대가
아무리 따뜻해도
가슴으로 안아주는
당신 품속만 할까

목욕탕 아줌마가
머리부터 발끝까지 정성스레 씻겨줘도
일요일마다 우리 집 욕실에서
등 밀어주는
투박한 당신 손길만 할까

이곳저곳 맛집 여행 다니며
최고급 호텔요리 호사 누려도
낚시 갔다 오는 날
눈치 보며 끓여주는 얼큰한 생선 매운탕
당신 솜씨만 할까

늦은 밤
이제 집에 간다
달랑 한 줄 문자 보내는
무뚝뚝한 경상도 아저씨
그 사랑이 그리운 밤이다

모두가 잠든 새벽
경화야 불러주는
너의 목소리가 환청으로 들리고
나를 기다리는
너의 눈빛이 떠오른다

나처럼 잠 못 드는
너를 만나러
자석에 이끌리듯 일어나
옥상으로 간다

그리운 너
별이 되어
내가 오길 기다릴까
너를 만나러 간다

반짝반짝
수신호 보내는
너를 만나러
옥상으로 간다

4인용 식탁의 한자리
더블 침대 한편
신발장의 제일 위 칸
주인 없는 옷걸이
은수저 한 벌

식탁의 마른 장미꽃
길 다란 커플 베개도
군함 닮은 280mm 구두도
즐겨 입던 k2 등산복도 그대로인데

사람은 간곳없고
그에 향기만 남아 있다

오늘도
난
당신을 기다리며
똥 마른
강아지 마냥 낑낑거린다

식탁 위에 걸려있는
무심한 뻐꾸기는
뻐꾹 뻐꾹 자정을 알린다

보고 싶고
만지고 싶고
안고 싶고
입 맞추고 싶다

미치도록 보고 싶고
미치도록 만지고 싶고
미치도록 안고 싶고
미치도록 입 맞추고 싶다

이제는
어쩔
도리가 없는데

볼 수도
만질 수도
안을 수도
입을 맞출 수도 없는데

어쩌라고
날더러 어쩌라고
날더러 어찌 살라고

그 사람은 부재중

밥을 먹을 때도
영화를 볼 때도
낯선 길을 갈 때도

등을 긁어야 할 때도
빈집에 TV 소리만 윙윙거릴 때도
그 사람은 부재중

외로움을 친구삼고
그리움을 품고
언제나 부재중인
그를 생각하며

오늘도 문을 닫는다

## 추석날

함박웃음 같은
전을 부치며
당신을 생각했습니다
두툼한 입술 같은
송편을 빚으며
당신을 생각했습니다

차례상에 올릴
나물을 무칠 때도
탕국을 끓일 때도
당신 생각에 눈물집니다

환한 보름달 닮은
뜨거운 마음을 담아
사랑의 상을 차렸습니다

날마다 하나씩 내려놓는다

세상과
인연과
추억과
미련과
사랑과
집착과
아쉬움을

하나씩 내려놓는다

# 콩나물

콩나물 천 원어치 사다가
저녁 반찬을 다듬는다

저마다
잘난 얼굴들 들이밀 듯
노란 음표들이 춤을 춘다
이리저리 꼬여있는 다리들은
탱고 스텝인지
블루스 스텝인지

한참을
이리저리 꼬여있는
다리를 풀어내듯
사람과의 관계도
하나씩 풀어낸다

친구 같지도 않은 친구를 차단하고
이상한 문자는 스팸 처리하고
거절하기 힘든 어려운 부탁도
마음먹고 정리한다

가끔은
조용히 지내고 싶을 때
세상에 혼자이고 싶을 때

노을이 내려앉는
오후 다섯 시
정리하기 좋은 시간이다

콩나물 다듬다가
세월을 다듬었다

잔인한 지난여름
뜨거운 열기
뒤로 감추고
가을을 맞이한다

가을에게
안부를 묻는다
잘 지내고 있냐고
잘 지켜보고 있냐고

어느 날 또 훌쩍 가버릴
가을에게
가지마 하고
매달리듯 붙잡는다

가을이 가고 나면
문밖의 동장군이 무서워
두툼한 스웨터를
미리 꺼내놓는다

얼어붙은 내 가슴
가을도 오기 전
봄이 안 올까
걱정을 사서 한다

길어진 손톱을 정리하듯
근심 한 토막 잘라낸다
한동안은
일주일의 마무리 목욕 후
손톱 발톱 정리한 듯
근심도 잘라내니
걱정이 없어지리라

발 디디고 사는 세상
걷다 보면 웅덩이도 있고
돌부리에 걸려 넘어지기도 하지만
훌쩍 뛰어넘고
또 훌훌 털고 일어나
아무 일 없다는 듯
앞만 보고 걸어가면 된다

손톱처럼
어느새
근심 한 자락이
새로 돋아나겠지만

## 보름달이 뜨면

둥근 저 달은
보고 있겠지
사무치게 그리워하는
내 맘을

무심한 저 구름은
듣고 있겠지
가슴 밑바닥에서 울부짖는
내 울음소리를

스쳐 가는 저 바람은
전해주겠지
멈출 수 없는
뜨거운 내 사랑을

보름달이 뜰 때면
편지를 보내본다

그리움의 빗장을 열고

즐거운 척하면
살아질 줄 알았어요
행복한 척하면
행복한 줄 알았어요

웃는 척하면
웃어질 줄 알았지요
바쁜 척 살면
잊어질 줄 알았지요

그런 척
안 그런 척 살아도
언제나 마음 한쪽에
소리 없이 와 있는 사람

내 하루의 종착역
그곳에서
기다리고 있는
그대

# 퇴근길

힘겨운 하루를 살아내고
시청 지하철역 계단을
터벅터벅 걸어보는 늦은
퇴근길

세상에 웃음도 팔고
헛기침 한 번으로 허세도
부려봤던
지친 또 하루

둘러맨 검정 서류 가방 안에서
스멀스멀 기어 나오는
어깨통증이
진작 녹아버린 초콜릿에
위로받는 시간

다리에 힘 풀려
주저앉고 싶을 때
저 멀리서 비틀거리며 뛰어오는
수원행 급행열차

## 이월 (2월)

하루 이틀 모자란 탓에
마음만 바쁜 이월 한 달
난쟁이 다리처럼
바쁘기만 한 시간

몰래 숨겨놓고
아껴먹는 달콤한 사탕처럼
빨리도 사라지는
소중하고 애틋한 달

입춘, 정월 대보름
일 년을 준비하고
꽃샘추위
잠시 쉬어가는 이월

이월이 그래서 사랑스럽다

## 네 잎 클로버

봄 햇살 맞으러 융건릉에 갔다
사진 한 장 찍자 하던 친구 말에
고개만 끄덕이고
사진을 찍을 수가 없었다
대답 대신
네 잎 클로버를 열심히 찾고 있었다

몇 년 전 이맘때
오늘처럼 봄볕을 만나기 위해
함께 왔던 그 사람을 찾고 있었다

어깨를 감싸 안으며 사진을 찍어준
그 사람이
저기 봄 햇살 사이로
내게로 뛰어온다
몇 년 전 그때처럼
네 잎 클로버를 하나 들고서

흐느끼듯 가을비가 내린다
서러운 울음같이 가을비가 내린다
무엇이 억울하여
꺼이꺼이 울부짖는지

목 놓아 울고 나니
무지개가 뜬 하늘이 보여
올려다보니
구름 속에 숨어있는 그대

고개 끄덕이며 미소 짓는
그대 같은 무지개를 만나
위로받는 가을비

그리움의 빗장을 열고

이제 팔월이 되면
아득한 그리움이 될 사람
무뚝뚝한 말투
언제나 청년 같은 그대

이제 팔월이 되면

혼자 술잔을 기울이며
단골 노래방에서
그 사람의 십팔 번
부산갈매기를 부른다

팔월이면
넉넉한 그 웃음 생각하며
안녕하냐고
인사 건넨다
극락 문이 열리는
백중날 만나요

## 가을 스케치북

시간이
문을 두드립니다
어디 계시나요?

구월이
조금 기다리라고 합니다
이제 화장을 시작해
입술을 다 못 그렸다고

하늘과 땅이
서로 벌어지고
선명한 색들의 축제가 펼쳐집니다

너무 빨리 넘시 마세요
가을 그림
채울 때까지

조금만 사랑하지
그럼 잊기가 쉬울 텐데

가을바람에 떨어지는 낙엽처럼
쌓이는 그리움

안녕이라고
한 마디만 하고 가지
그럼 잊기가 수월할 텐데

하얀 눈송이처럼
소복이 쌓이는 그리움

허전한 가을과
시린 겨울을 남기고 간 사람

따뜻한 봄이 오면
내 맘에도
당신 꽃이 다시 피겠지

첫눈

빛바랜 누런 옷
벗어 던지고
밤새 장만한
하얀 드레스

온 세상이
순백의 드레스로
차려입은
새 신부가 된다

새 옷 입은
아이처럼
마냥 설레는 밤

하룻밤 꿈이다

둥근 저 달은
보고 있겠지
사무치게 그리워하는 내 마음을

무심한 저 구름은
듣고 있겠지
가슴 밑바닥에서 토해내는 울음소리를

스쳐 가는 저 바람은
전해주겠지
멈추지 않는 눈물을

나에게
가을을 남기고 간 사랑

# 긴 겨울밤

긴 겨울밤
고향 생각 한 시간
엄마 생각 한 시간
친구 생각 한 시간

보고픈 임 생각은 몇 시간째

긴 겨울밤이 짧기만 하다
저 멀리에서 아침 해가 달려온다

사람과 사람 사이
닫혀있는 담벼락
너무 높아 넘을 수 없는 담

문턱 하나 넘고 보니
생각과 생각이 다른
또 다른 담이 기다리고 있다

마음의 문턱을 낮추고
편히 드나들 수 있는
낮은 담 만들어
풍경소리 매어 단다

세상의 문턱이 힘겨운 날
담 너머 일탈을 꿈꾸며
딴 세상
마음의 초인종을 누른다

# 살아가는 이유

너희와 함께 웃기 위해
미소를 연습하고
너희 얼굴에 행복을 심기 위해
노래하듯 말을 한다

무서워 뒷걸음 하는 어두운 길
앞장서서 걸을 수 있는 것도
내가 걷는 이 길을
너희가 따라오기 때문이다

천근 같은 눈꺼풀 뜨기 싫은 날
새털처럼 가볍게 일어날 수 있는 것도
아침을 먹여 보내야 하는
너희들 때문이다

사랑하는 딸아
세상에 존재하는 이유는
엄마라고 부르는 너희들 때문이고
내가 웃으며 살아가는 이유는
엄마이기 때문이란다

꿈인 것 같은데
꿈만 같은데
누가 깨워주면 좋겠는데
아직도 믿을 수가 없는데
뚜벅뚜벅 시간은 잘도 걸어간다
하루 이틀 사흘

꿈이면 좋으련만
시간을 돌려놓고 싶은데
받아들이라고
그만 잊으라고
잘 이겨내라고 한다

꿈인 줄 알았는데
꿈만 깨면 될 것 같은데
정신 차리라고
딸들 생각하라고
자꾸 잘 견디라고 한다

그날이 아직
꿈인 것 같은데

작은 손으로 흔들리는 내 어깨를
토닥여주는 위로였고

누구에게 들키지 않고
혼자 울고 싶은 날
조용히 들어와 시집 한 권을 툭 침대에 던져주고
방문을 소리 없이 닫고 나가는 넌
무심한 위로였고

퇴근 후
너와 만나 먹는 저녁 한 끼
상현동 뒷골목 매콤한 해물찜은
저녁노을 같은 위로였고

하루를 문 닫는 새벽
내가 잠들 때까지
이런저런 일상의 이야기를
속삭이듯 건네주는 넌
따뜻한 위로였어

사랑하는 가은아
넌 내게 언제나
위로가 되어준 딸이었어

누구도 대신할 수 없는

친구가 보내준 택배 박스
감자와 편지가 함께
유월의 여름이 인사를 왔다

울퉁불퉁 감자를 보니
속 깊은 친구의 정겨운 얼굴
그리고 흙 묻은 투박한 손이
나를 울린다

문디[2]가시나
지나 묵고 말지
뭘 택배까지 보낸다고
고마움에 목이 멘다

이제 유월이면
함안에서 보낸 택배 감자와
친구의 얼굴이 생각나겠지

추억이 또 하나 쌓여간다

---

2) 경상도 지방에서 오래된 친구나 막역한 친구에게 친근감 있게 부르는 말

## 제주 바다

제주 바다 보름달이 수평선에 걸터앉아
바다 위에 멀뚱히 서 있는
등대 친구에게 말을 건넨다

"하루 종일 서 있느라 덥지 않아?"
"아니, 바닷물에 발을 담그고 있어서 시원해"
"넌 덥지 않니? 내려와 봐, 시원해"
"그래, 그럼 기다려. 내려갈게"

바닷속으로 풍덩
몸을 담근 보름달은
아침까지 나올 줄을 모른다

그리움의 빗장을 열고

몸의 세포들이 허물허물
말라버린 종이처럼 사각거릴 때
죽은 듯이 잠이 왔다
뜨거운 스팀 수건으로 의식을 시작한다

아주 정성스럽게 하루의 먼지를 닦아내고
뜨거운 옥돌로 목덜미를 지나 등줄기까지
척추 마디마디 쓸어내리며 엉덩이골까지
주문을 외듯 정성스레 문지른다

죽은 듯 나른한 근육들이
몸에 닿는 손길마다
마취한 듯 잠이 온다
이마에서 코, 눈 밑 주름까지
타원을 그리며 최면을 건다

한 참 후
뜨거운 수건으로 목덜미를 움켜쥐고
머리를 두드리니 의식이 돌아온다
손끝으로 꾹꾹
새로운 기운을 정성스레
목덜미에서 가슴으로 배꼽으로 불어넣는다

찬 수건으로 마지막
피부를 흔들어 깨우니
개운하게 다시 태어난다

# 쉼표

잠시 쉬어가요
돌 틈에 이제 곧 고개를 빼꼼이
내미는 자그마한 풀꽃도 보고
개미들의 작은 움직임도
볼 수 있게

잠시 눈을 감아요
살랑거리며 춤추며 뛰어오는
봄바람도 맞고
문득 사이 코끝을 간질거리는
갓 볶은 커피향도 느낄 수 있게

쉼표 하나 찍어요
저녁이 풀려버려
신발 끈을 조일 기운조차 없을 때
쉼표 하나 찍으러 가요

마침표를 찍기 전에

웃는 얼굴 보조개로
첫 선물 안겨주고
복숭아 닮은
자그마한 얼굴에
달콤한 향내 품는다

옹알옹알 옹알이
돌고래 언어로
랩처럼 쏟아내고

까르르 깔깔깔
작약꽃 같은 수줍은 미소
새근새근 잠자는
천사의 울림이다

## 오월만큼만

오월만큼만 사랑하게 해주세요
더도 덜도 말고 딱 오월만큼만
무성한 유월의 잎사귀보다
오월의 여린 연두의
풀잎만큼 사랑하게

오월 햇살만큼 사랑하게 해주세요
강렬한 태양보다
따뜻한 햇볕 아래
살짝 눈감고 졸 수 있게

오월의 마음처럼 사랑하게 해주세요
엄마를 애틋해 하고
귀한 자식 한 번 더 품어주는
딱 오월만큼
사랑하게 해주세요

내 품에 안겨 자는
너를 보니
천사가 따로 없구나
할미 품인지
엄마 품인지
두리번 칭얼거리다
어느새, 고개
할미 품으로 파고든다

새근새근 고운 숨
들숨 날숨 숨 고르기
작은 새 한 마리
품은 듯 가볍다

빙그레 웃는다
아마도
외출 나간 엄마를 만난 듯

밥은 묵었나 지금 뭐하노
무뚝뚝한 말투가 덜 익은 땡감처럼
맛도 없고 참 재미도 없던
감 나무집 막내아들인 그는 단감 같은 사람이다
그래도 술 한 잔 걸친 날은
홍시처럼 달콤한 적도 있었다

작은 종같이 생긴 감꽃을 닮아
소박하지만 멋스러운 감나무 집 막내아들
그는 내겐 언제나
큰 그늘이 되어주는 든든한 나무였다
생감의 떫은맛 사라지고
말랑말랑 홍시가 되기도 전 툭 떨어져 버린 그날

팔월이 다가오면
홍시처럼 바람 빠진 그의 뒷모습이 그립다

서 평

이현수

새한일보 논설위원, 한양문학 주간

- 자연이 내는 소리를 담아내는 시를 쓰는 자매 시인, '목경희' '목경화'가 써 내려간 그리움의 빗장을 열어보았다. 그녀들의 시(詩)에는 자연의 모습보다 인간의 이치가 더 소중히 다루어졌으며, 주관성이 강하고 서정적 색채가 잘 어우러져 깔끔하게 정돈된 느낌과 운율적인 언어로 빈틈없이 써 내려간 한국 서정문학의 해빙기를 예고하는 듯했다.-

"하늘거리는 창가의 난초 가지와 잎 그리도 향그럽더니 가을바람 잎새에 한 번 스치고 가자 슬프게도 찬 서리에 다 시들었네. 빼어난 그 모습은 이울어져도 맑은 향기만은 끝내 죽지 않아 그 모습 보면서 내 마음이 아파져 눈물이 흘러 옷소매를 적시네."

이 시는 조선 중기를 대표하는 하는 천재 여류시인 허난설헌이 쓴 '감우'이다. 여기에서 감우라는 제목의 뜻은 느낌 그대로를 표현하고 느끼는 그대로를 노래하는 시를 쓴다는 이야기를 말한다.

서평을 시작하면서 감우를 언급한 것에는 현대시를 거론하는 과정에 목경희, 목경화 자매 시인의 시가 생을 노래하고, 살고 지고 하는 과정에 느낌 그대로, 있는 그대로를 잘 표현하며 서정의 감흥을 도입하여 자유시를 편하게 구사하는 시인들이라는 사실을 소개하기 위함이다.

우리가 아는 허난설헌은 글 속에 파묻혀 시 속에 내재 된 난초처럼 살다간 문학의 대가이다. 그래서 그녀의 호가 '난설헌'이었는지도 모른다. 조선시대 당대 최고의 여류작가 허난설헌이 있었다면 현대에는 한국 문학사에 큰 획을 그을만한 목경희, 목경화 자매 시인이 있음을 알리고 싶다. 두 시인이 현재의 한국 여류시인을 대표하는 작가로 활동하고 있는 동시대에 그녀들과 함께 창작활동을 하는 필자로서는 큰 행운을 얻은 느낌까지 든다.

허난설헌이 시에 빠져있었을 당시 조선 사회는 우리가 알다시피 여인의 사상이나 생각에 대해 존중하거나 우호적인 입장을 표명하는 시대가 아니었다. 오히려 과거 역사로 거슬러 올라볼 때 비교적 여성들의 활동이 자유분방하던 시절은 고려가 조선보다는 나았던 것 같다. 조선 사회에서 여성의 삶은 가부장 중심의 가족관계를 중시하는 성리학적 이념체계 안에서 정치 사회 경제적으로 차츰차츰 위축되고 있었던 게 사실이다.

우리가 살아가는 2020년 세계의 질서도 코로나19라는 전염의 환란에 의해 온 나라 안팎이 어지럽기만 하다. 유례없는 질병의 환란으로 모든 것이 멈춰지고 위축된 시국에 암담함을 깨고 허난설헌의 정신을 이어받아 시집을 상재를 하고 독자들에게 위안을 주려 하는 두 시인의 열린 사고는 허난설헌의 업적 못지않은 한국 문학사에 길이 남을 가치가 충분하다고 생각된다.

아시다시피 조선 사회는 여성들의 사회활동이 극히 제한적이었으며, 대부분의 여성들은 집안을 지키고 후세를 낳아 기르는 역할만을 맡아 이것에 순응하며 살아야 했던 시기였다. 그 시대에 허난설헌이라는 불세출의 여인이 세상에 이름을 알릴 수 있었던 것은 사대부의 여인으로 단순한 현모양처의 덕목만을 갖추거나 훌륭한 자제를 둔 어머니라는 이유 때문만이 아니었다는 사실에 그 무게를 두고자 한다.

결론적으로 그녀의 이름이 후세에까지 널리 기록되게 된 배경에는 그녀가 지닌 시의 창작 능력에 대한 인정으로 현세의 어느 유명 작가와 견주어 봐도 탁월하고 월등함에서는 뒤지지 않는다는 이유 때문일 것이다. 여기서 주목할 것은 목경희, 목경화 두 자매 시인 역시 마찬가지라는 사실이다. 그녀들의 사고 역시 깨어 있는 의식을 갖춘 지식인들로 시인으로서의 기본적 덕목이나 덕망은 타의 추종을 불허한다는 것에 토를 다는 문학인이 없다는 사실이다. 그녀들이 지닌 앎의 가치를 세상 여러 독자들과 공유하고 나눔 하려는 정신에 필자는 환영하고 감사할 뿐이다.

앞서 언급한 바와 같이 오늘 21세기 현대시문학을 이끌어가는 그 길에 허난설헌의 시를 닮아가는 두 여류 자매 시인의 등장은 그 존재만으로 대한민국 문단을 시끌시끌하게 하고 있다. 각자의 위치에서 서로 다른 삶을 살아가는 자매가 같은 듯 다른 느낌으로 다름에 대한 접점을 찾아 '우리 함께'라는 이야기를 세상에 선보이는 선택을 했다는 것은 한국시문학사에 큰 영광이기도 하고, 역사적 가치를 남기는 날이기도 하다. 목경희, 목경화 두 자매 시인의 특별한 그리움이 가을바람을 타고 향기로 스며드는 계절, 엄마와 가족에 대한 뜨거운 사랑을 공동 시집에 담았다.

필자는 언젠가 어느 칼럼에서 '시는 문 없는 집과도 같다'는 표현을 그려놓은 것을 보았다. 시가 문 없는 집이라면 우리가 아는 시의 임무 중 하나는 그 문 없는 집에 입구와 출구를 만들어 독자나 시를 읽는 가족들이 편안하게 드나드는 일을 하는 것이고, 시집을 만드는 임무는 가족들의 생각이나 독자들의 생각을 시집이 있는 집의 주소를 따라 한군데로 모으는 일이 시인이 쓰는 시를 편하게 읽을 수 있게 하는 임무이기도 하다는 생각을 해보았다.

시집은 시인의 생각을 유리병에 담아 전시하는 것이 아니라 시의 창작 과정과 이유를 독자들에게 알게 하는 역할을 하는 것이라고 본다. 이런 맥락에서 우리는 시의 임무와 시집의 제대로 된 역할을 수행할 시집을 만나게 된 것을 문학인의 한 사람으로 큰 축하와 박수를 보내고 싶다. 두 자매 시인은 시집 「그리움의 빗장을 열고」를 어머니에게 바치고 싶다는 숭고한 정신으로 만들고 싶다고 했다. 그간 시로서 독자들로부터 받은 그리움과 찬사를 엄마에게 돌려주려는 것이리라. 두 자매의 효심으로 만들어낸 시집 「그리움의 빗장을 열고」가 후세에도 널리 널리 알려져 허난설헌 못지않은 작가로 목경희, 목경화의 이름이 길이 남기를 소망해보며 시집 속으로 스며들어가 보려고 한다.

마산에서 나고 자란 자매는 직업도 다르고, 사는 도시도 다르다. 언니 시인 목경희는 그림을 전공한 화가이기도 하고, 1980년 도미하여 현재 시카코에 거주하고 있는 시인으로 관념적이고 서정적인 내면세계를 표현하는 작가로 국내외 공모전을 통해 그 놀라운 실력을 입증받은 훌륭한 작가이다. 반면 동생 시인 목경화는 사범대학을 졸업하고, 여고에서 무용을 가르치다 남편을 따라 수원으로 거처를 옮겨 현재 시립 어린이집 원장으로 재직하며 오염되지 않은 그녀만의 맑은 시 세계를 선보이고 있다. 때로는 부드럽게 또 때로는 예리하게 써 내려가는 그녀를 두고 같은 표현이라도 시로 승화시켜내는 언어의 깊이가 다른 시를 쓰는 작가라는 칭송을 듣게 하는 작가로 알려져 있다.

　필자는 두 자매 시인의 시집 원고를 받아들고 시시각각 변화하는 자연현상과 감정이 만나는 과정을 읽어낸 글의 행간 행간에서 어머니도 만나고 남편도 만나고, 형제도 만나고 자식들도 만나고, 손주까지 두루두루 만나는 경험을 했다. 목경희, 목경화 자매 시인의 시집 「그리움의 빗장을 열고」는 총 9부로 구성되어 있다.

　먼저 목경희 시인의 시는 제1부 지워지지 않는 가족이라는 핏빛 멍울, 제2부 그리움으로 피어나는 꽃, 제3부 수채화처럼 펴져 가는 그리움, 제4부 작은 점 하나가 있어야 사랑은 완성된다, 제5부 날마다 피어나는 기적의 꽃 그리고 수필 세 편이 담긴 제6부 그리움의 향기는 지울 수가 없었다로 구성이 되어 있다.

　그다음의 목경화 시인의 시는 제1부 가족, 제2부 그리움, 제3부 삶 그리고 희망이라는 주 제목으로 시로

만 구성이 되어 있는데 이렇게 두 시인의 시 총 104수와 수필이 직조되어 있다. 삶의 이야기, 어린 시절의 추억과 엄마로서 딸로서의 삶, 우리 이야기이기도 하고, 내 이웃의 이야기이기도 하고, 나 자신의 이야기이기도 한 무겁고 가벼웠던 삶에 대한 전반적인 이야기를 하고 싶었을 것 같은 자매 시인들의 시에서 이색적이고 특징이 있는 글들을 만날 수 있다는 행복에 빠져들게 하는 시집이라는 사실을 알게 되었다.

## 1. 목경희 시인의 시 세계

문학을 하는 사람들은 상징을 만들고, 만들어진 상징을 활용하는 동안 또 다른 상징을 파생시킨다. 뿐만 아니라 상징은 개별적 차원에 머물지 않고 비슷하거나 비교되는 다른 개별 상징들과 관련되면서 복잡한 체계를 형성하게 된다. 대한민국 현대 문학사에서 서정문학을 주도해가며 자유와 자연주의적 관계까지 편안하게 주도해 나갈 목경희 시인의 행보에 문단이 경사스러워지고 밝아져 가고 있음은 두말할 이유가 없다.

필자가 목경희의 시를 탐미하며 느꼈던 것은 '어쩌다 이런 참신한 글을 쓰는 작가가 이리도 늦게 세상 밖으로 나와야 했을까?'에 대한 의구심부터 들었다. 가만 생각해보면 우리 문단사에는 우리가 다 알 수 없는 관계의 질들이 널려 있기도 했다. 동향이거나 동문이거나 끈으로 이어진 문인들 간의 관계에서 목경희라는 시인이 아직도 눈에 띄지 않았었다는 사실에 동향의 작가로서 마음 아플 뿐이다. 이제 그녀는 알을 깨고 한국을 넘어 세계로 향하는 작가의 반열에 그 이름을 올렸으니 그녀의 향후 글이 더 기대되고 있음을 만천하에 자랑하고 싶다.

시인 스스로가 누군가의 엄마이고 또 시인 스스로가 누군가의 딸이기도 하다. 수백 년을 내려온 우리 역사의 삶에서 '엄마'라는 명사는 늘 입안에서 가슴 아픈 이름으로 옹알거리기만 했다. 엄마는 희생의 상징이고 세상 누구에게나 뭉클하고 먹먹한 이름이기 때문이다.

달빛 푸른 강가에서
밤하늘을 올려다봅니다

모진 세월 이고
먼 길을 걸어오신 당신

등에 업힌 사 남매
무겁다고 아니하시고
그 길을 걸어오셨습니다

내리사랑은 있어도
치사랑은 없다는 말이
예전엔
무슨 말인지 몰랐습니다

여석의 전화는
눈이 빠지게 기다리면서
홀로 계신 당신께는
바쁘다는 핑계로
전화도 자주 못 드렸습니다

살아온 생의 아픈 기억
기워주시며 등 두드려주신
당신

– 목경희 시인의 '달빛 소나타' 중에서

그리움의 빛살을 일고

목경희의 시 '달빛 소나타'에 두드러지는 이야기는 어머니에 대한 눈길과 그리움이다. 노령의 어머니에 대한 서정의 깊이를 엄마가 지나온 세월의 흐름을 달빛 흩어진 강가에서 떠올려보았다는 것이다. 시인은 객지에 나가 있는 딸자식 소식은 궁금해하면서도 정작 시인 본인은 고국에 계신 엄마의 안부조차 제대로 묻지 못했다는 자책감을 표현한 것은 한국인의 보편적 정서를 환기시키는 데에까지 시의 외연성을 확장시켰다고 볼 수 있다.

사 남매의 맏이이기도 한 시인의 나이도 어느덧 환갑을 지났다. 엄마의 내리사랑을 이제는 시인 그녀가 느끼고 실천하고 있다는 사실이 시를 통해 전달되고 있었다. 내리사랑은 있어도 치사랑은 없다는 말이 예전엔 무슨 말인지 몰랐다는 구절에서 이제는 그녀 역시 나이 든 엄마를 그대로 닮아가고 있음이 보인다.

힘들고 어렵게 지나온 생의 모든 기억은 엄마의 굽어진 등에 전부 새겨져 있음을 알아버린 어느 날 밤, 엄마라는 이름이 자식들이 느끼는 어느 한 시기에 국한되지 않고 지나온 세월 언저리마다 엄마의 존재가 있었기에 오늘의 시인 자신이 있었음을 간접적으로 표현한 시라 가슴 뭉클하기까지 하다.

꽃은 싸우지 않는다

서로 이쁘다고 질투하지 않는다
각자 잘났다고 자랑하지도 않는다

달 뜨고 별 뜨는 밤하늘 지나
아침에 살며시 눈을 뜨면

우리 모두가 꽃으로 피어난다

— 목경희 시인의 '우리 모두가 꽃이다'의 중에서


꽃의 세계를 의인화하여 존재론적 은유기법을 도입한 시라고 볼 수 있다. 사람이 아닌 꽃을 사람에 견주어 표현한 것은 시인의 시적 재능이 꽃의 모양에서 사람의 성격을 부여한 작업이기도 하다. 꽃을 인간의 형태로 표현한 것을 기반으로 꾸며진 시에서 꽃의 모양은 다 다르지만 꽃은 인간처럼 서로 다투고 싸움 없는 세상을 만들어 간다는 시인의 지론이 반영된 시이다.

아름다운 세상 건설을 염원하는 시인의 마음이 꽃보다 아름다워 보인다. 흔들리며 핀 꽃의 형체에서 여러 자식을 둔 부모의 몸짓을 엿보게도 되고, 그녀의 시는 구체적 이미지와 관념의 문자로 엮어진 자연적 현상마저도 은유의 세계로 몰아가는 탁월함이 있다는 점에서 가히 서정의 진수를 선보인 작품이라 평할 만하다고 생각된다.

길을 가다가
소나기를 만났다

그리움의 빛깔을 입고

– 목경희 시인의 시 '우산' 전문

　비를 맞고 걷는 사람에게는 우산이 필요한 것 같지만 그것보다 중요한 것은 함께 우산을 쓰고 걸을 수 있는 사람이 필요하다는 사실이다. 시인이 가장 아끼는 시 중 하나가 '우산'이 아닌가 싶은 생각을 들게 할 정도로 그 표현력에 있어 간결함이 돋보이는 시다.

　시인은 삶의 순간을 적절히 포착하여 시적 대상으로 묘사하는 능력이 있다. 그런 것을 두고 우리는 관념의 세계에서 서정을 끌어오는 감각이 월등한 재능을 가진 시인이라 말한다. 비교적 늦은 나이에 문학의 길을 걷게 된 작가 목경희 시인이 짧은 시간 안에 대중적 지지를 끌어낸 것에는 우산이라는 시에서 보듯 암시하는 대상의 구체성 때문이었는지도 모른다.

　아무리 힘든 세상일지라도, 비바람 거센 생을 살아왔을지라도, 폭우를 피할 수 있는 시간을 만들어 준 사람에 대한 감사를 표현한 시가 '우산'이다. 그 우산을 들어준 그대는 평생을 함께해온 그녀의 배우자 옥태환 박사이려니 시인은 그 고마움을 시집의 가장 마지막 자리에 '우산'이라는 시를 배치해놓고 남편에 대한 고마움과 존경의 마음을 표현한 것이라고 생각이 들어 필자의 입가에도 웃음이 저절로 돌았던 것 같다.

목경희 시인의 시 세계를 돌아보며 그녀는 콘드라가 규정했던 예술가의 임무에 가장 충실하게 근접한 작가가 아닐까 싶은 생각을 해보았다. 그녀가 바라보는 시의 안목이 가족과 자연 그리고 일상의 모든 현상을 하나도 허투루 여기지 않고 세심하게 그려서 시가 가진 예술적 완성의 결과에 뚜렷한 모습으로 안착했다는 이유 때문에서다.

## 2. 목경화 시인의 시 세계

가만 생각해보면 문학은 배부른 자의 사치가 아니라 힘들고 어려운 사람들의 저항이었다는 생각도 든다. 목경화 시인의 삶에 있어 그녀가 시를 쓰지 않고 현실 문학에 참여하지 않았다면 그녀가 감내해야 할 생의 무게도 만만치 않았으리라는 생각도 해보았다. 목경화는 관념적이고 이상적일 것만 같은 감나무집 아들과 결혼하여 예술만 꿈꾸고 문학과 시만 바라보는 팔자 편한 작가만은 아니었다. 그래서겠지만 그녀는 이효석의 '돈', '메밀꽃 필 무렵'과 김유정이 썼던 '봄봄', '동백꽃'에 버금가는 작품세계를 그리는 현대 문학의 선도적 주자 마산 출신 대표작가가 될 능력을 갖추고 있었다.

힘든 일을 겪으며 그 과정들을 글로 표현해서인지 그녀의 시는 이미 충분히 공감의 깊이가 검증되어 그녀를 인정해주는 독자 또한 상당하다. 시집 「그리움의 빗장을 열고」를 언니 목경희 시인과 공동출간하며 시의 넓이가 세상에 더 큰 폭으로 공개되었다는 사실에 문인들이 주목하고 있다. 문학은 창작자와 수용자 사이에서 이루어지는 공감적 작용이 미치는 넓이에 따라 이해되고 만들어지는 학문이다. 문자에 대한 이해가 있고 그것이 지닌 지시 대상과 규약 그리고 이를 해독할 수 있는 약속이 필요하다고 했다. 이를 표현하기 위한 시인 목경화의 수단이 그녀의 시에서 압축되고 응축된 결합체로 독자들과 영원히 공존하기를 필자는 그녀의 팬이 되어 지켜볼 것이다.

혼자의 맛을 갖고
일주 대리임
각주 잠 깨어
불 켜야 하는 밤
늦잠 자는 남동생
창 밖을 향해 걸음 떼는다

가지런히 신발 가지런히
당직자 답변이 필요 하다

– 목경화 시인의 시 '금요일 저녁' 전문


혼자라는 말이 지닌 어미는 명사적 의미를 해석해보면 다른 사람과 어울리거나 함께 있지 아니하고 그 사람 한 명만 있는 상태를 뜻하는 말이며, 부사로서의 의미는 다른 사람과 어울리거나 함께 있지 아니하고 동떨어져서라는 뜻을 내포하고 있는 말로 '혼자'라는 말 자체가 외롭고 쓸쓸함 그리고 고독까지 다 지닌 단어이다.
시인의 시 '금요일 저녁'은 더 외롭고 쓸쓸한 고독감

이 빗물처럼 스며들고 있었음이 느껴져 시를 읽는 독자로서 가슴 한구석이 찡하게 아려옴을 느끼게 했다. 사람은 누구나 상처 하나씩은 다 가지고 산다. 그러나 그 상처라고 다 같은 상처는 아닐 것이다. 남편을 먼저 보내야 했던 시인의 상처는 결코 쉽게 씻어낼 수 있는 아픔의 상처가 아니었음을 말벗 없는 7첩반찬이 대신 답해준다. 외로움은 늘 사람을 그리워하게 만든다. 이제 그녀의 아픔을 남편 대신 씻어줄 두 딸의 배필들이 사위로 함께하고 있어 그녀는 든든해졌다는 이야기를 들은 기억이 있다.

혼자 먹는 밥에 말벗이 되어줄 아들 같은 사위와 엄마의 든든한 후광으로 남아 있을 두 딸의 존재가 시인을 외롭게 할 틈을 주지 않으리라는 믿음으로 금요일 저녁 시인의 마음을 위로하고 싶어지는 시를 감상한 필자의 마음에도 편안함이 느껴진다.

불어오는 바람이
당신인가 하여
두 팔 가득 바람을 맞이합니다

팔월 장마
끝도 없이 내리는 비
당신인가 하여 온몸을 적십니다

오색빛깔 쌍무지개
당신인가 하여
마음으로 곱게 정성스레 품고 또 품습니다

팔월 백중날 어디선가 날아온
노랑나비 한 마리
당신인가 하여 심장이 두근거립니다

시를 통해서라도 그를 만나고 싶었던 것이다. 할 말 다 하지도 못했는데 뭐가 그리 급해서 갔을까? 지나는 길에 스치는 바람도 그대 같고 철 따라 피는 꽃도 그가 보내는 선물 같았다. 아무리 이해를 하려고 해봐도 세상에는 시인이 모르는 이유들이 너무 많았다. 남편의 죽음은 더 이해할 수 없는 세상 이치였던 것이다.

팔월 중순 노랑나비 한 마리 날아든 모습에 그인가 싶어 심장 두근두근했다는 목경화 시인, 도종환에게 접시꽃이 있었다면 시인 목경화에게는 바람이 있고 비가 있었으며, 쌍무지개가 있었고 노랑나비가 있었다. 세상을 바라보는 섬세함 안에 남편의 모습이 보이는 사물과 자연현상 모든 것에 서려 있음을 시인은 시를 통해 대화하고 그리워했다.

필자가 대학 시절 학보사 기자로 활동하고 있을 무렵 한국 시단에는 서정윤이라는 시인이 있었다. 그의 추후 행적이야 어찌 되었건 홀로서기의 사랑시는 특별한 독자층을 구성하고 있었으며, 아내를 먼저 보낸 도종환의 그리움을 담은 접시꽃 당신이 빅 히트를 치고 있었다. 그리움은 겁나고 두려운 것이 아니라 사랑하는 마음의 결정체 같다는 생각을 시인의 시에서 읽었다.

어떤 날은 눈물 찔끔거리며 썼을 여보! 당신에게로 시

작했을 목경화의 연서가 계절을 따라 움직이고 있음을 보여주는 시. 도종환의 접시꽃 사랑보다 더 위대한 울림을 주는 시가 필자의 눈에는 '당신인가 하여'로 보인다. 오늘은 바람이 어땠는지, 밤별이 무슨 빛을 발하는지, 자연의 변화를 관조하며, 시에 남편의 혼을 불러들여 대화를 시도하려는 시인의 사랑이 눈물겨워 보인다.

밥은 묵었나 지금 뭐하노
무뚝뚝한 말투가 덜 익은 땡감 처럼
맛도 없고 참 재미도 없던
감 나무집 막내아들인 그는 단감 같은 사람이다
그래도 술 한 잔 걸친 날은
홍시처럼 달콤한 적도 있었다

작은 종같이 생긴 감꽃을 닮아
소박하지만 멋스러운 감나무 집 막내아들
그는 내겐 언제나
큰 그늘이 되어주는 든든한 나무였다
생감의 떫은맛 사라지고
말랑말랑 홍시가 되기도 전 툭 떨어져 버린 그날

– 목경화 시인의 시 '홍시' 중에서

감나무는 반듯한 가지를 지니고 일정하게만 자라지 않는다. 가포 감나무집 막내아들에게 시집간 시인의 인생도 어쩌면 감나무를 닮지 않았을까 싶다. 한 번뿐인 생에 그렇게 건강하던 체대출신 남편을 갑자기 잃고 순간 막막했을 그녀의 마음은 어땠을까를 생각해 보게 되는 시다. 땡감처럼 맛도 없고 재미도 없던 감나무 집 막내아들이라는 표현으로 시각과 미각적 시상을 한꺼번에 다 떠올리게 했다.

위대한 작가의 글을 읽어야 위대한 시상의 표현

을 연출할 수 있다는 말이 목경화의 시 홍시에서도 나타나 있음을 알 수 있었다. 감이 어떻게 종같이 생겼을까? 그녀의 상상력은 시의 절정으로 몰아가는 재주가 남다르다. 시인의 운명을 바꿔버린 그날, 남편은 홍시가 되기도 전에 툭 지고 말았다는 표현을 감 홍시에 적절히 숨겨놓았다. 사람들은 명작을 통해 위로받고 용기와 자유를 얻는다면 목경화의 시, 홍시가 던지는 메시지는 '강하고 예리하게 독자들의 가슴을 파고들게 하는 시였다'라는 평가를 하고 싶다.

시를 시답게 쓸 수 있는 기본에는 운율과 은유 그리고 압축된 함축의 묘미가 있어야 하며, 한 가지를 더 첨언하자면 '낯설게 하기'라는 명제가 깔려있다. 목경희, 목경화 두 자매 시인의 시를 읽은 독자라면 그녀들의 시에는 일정한 운율이 살아있고 반복된 의미 속에서 시인의 정서가 봄 아지랑이처럼 채색되어 있다는 사실을 느낄 수 있었을 것이다. 시는 이처럼 행과 구절 시어가 반복운율이라는 구성을 통해 작가의 기다림이 떨림으로 다가오는 것이라는 점에서 두 자매 시인의 시가 훌륭한 작품으로 인정받는 것임을 알아야 한다.

시대적 조류인지는 모르겠지만 요즘 작가들의 시를 보면 이해하기 어려운 시가 너무 많다. 그러다보니 시인도 시집을 사지 않는 시대라는 말이 나왔는지도 모른다. 기본기도 제대로 갖추지 못한 시인의 양산으로 대한민국 사회가 시인 공화국이 되어 간다는 말도 있다. 그러나 시를 사랑하고 시를 쓴다는 것만으로도 위대하다는 말처럼 어둠 속에서 빛나는 글을 쓰는 '목경희' '목경화' 두 자매 작가는 그 빛을 더 강하게 내뿜고 있는 시인들이라 보기에도 참 좋다.

시로 위로받고 시로 치유되는 기쁨이 있다면 그게 문학의 효용론이다. 시간과 공간을 초월하여 언제 어디서나 누구에게나 사랑받는 시는 분명 있고 그런 시를 우리는 명시라 말한다. 어려운 낱말이나 혹은 수사어만 가득한 시에 식상해진 시인의 나라에서 나 자신을 벌거벗어보려 발버둥 쳤을 두 자매 목경희, 목경화 시인의 헌신적 노력으로 빛을 보게 된 시집 「그리움의 빗장을 열고」 출간을 다시 이 자리에서 시집 시평을 마무리하며 그 기쁨을 함께 나누려 함이 행복하다. 화장하지 않는 민얼굴로 '시가 내가 되고, 내가 시가 된다'면 그게 문학의 본질이고 시인이 가야 할 구도의 길인지도 모른다.

문학이라는 장르에서 시가 추구하는 바는 자연과 합일하기보다는 일정 거리를 두고 인간 세상을 바라보는 관조적 상징체계라고도 볼 수 있다. 자연에 칩거하며 자연이 내는 소리를 담아내는 시를 쓰는 시인을 두고 필자는 자연의 모습보다 인간의 이치를 더 소중히 다룰 줄 아는 진정한 작가라고 평하고 싶었다.

두 자매 시인의 시에는 세속적 해학과 함께 인간으로서의 고독과 우수까지 깊게 베여 있음을 알았다. 시인을 낳은 김두이 여사의 품이 시의 어머니로, 시인을 배출한 가고파의 고장 마산이 문학의 성지가 되기를 바라며, 두 자매 시인의 시가 한국현대문학사에 길이 남기를 기원하는 바이다.

그리움의 빗장을 열고